U0540325

名家作品
名师赏析系列

沈从文作品
学生版

沈从文 — 著
李竹平 — 赏析

长江出版传媒　长江文艺出版社

图书在版编目（CIP）数据

沈从文作品：学生版 / 沈从文著；李竹平赏析. —— 武汉：长江文艺出版社，2022.6
（名家作品. 名师赏析系列）
ISBN 978-7-5702-2648-1

Ⅰ.①沈… Ⅱ.①沈… ②李… Ⅲ.①中篇小说－小说集－中国－现代②短篇小说－小说集－中国－现代③散文集－中国－现代 Ⅳ.①I216.2

中国版本图书馆 CIP 数据核字（2022）第 069348 号

沈从文作品：学生版
SHEN CONGWEN ZUOPIN : XUESHENG BAN

| 责任编辑：梁碧莹 | 责任校对：毛季慧 |
| 装帧设计：天行云翼·宋晓亮 | 责任印制：邱 莉 杨 帆 |

出版： 长江出版传媒 长江文艺出版社
地址： 武汉市雄楚大街 268 号　　邮编：430070
发行：长江文艺出版社
http://www.cjlap.com
印刷：武汉市首壹印务有限公司

────────────────────────

开本：640 毫米×970 毫米　1/16	印张：9.75　插页：1 页
版次：2022 年 6 月第 1 版	2022 年 6 月第 1 次印刷
字数：95 千字	

定价：24.00 元

────────────────────────

版权所有，盗版必究（举报电话：027—87679308　87679310）
（图书出现印装问题，本社负责调换）

美的赞歌，美的诗篇，美的华章

一提到湘西，很多人都会想到一个名字——沈从文。湘西到底是什么样子的呢？似乎去湘西找到的答案，不及读沈从文的《边城》《湘行散记》等书更有令人印象深刻、且感到满足的收获。

"由四川过湖南去，靠东有一条官路。这官路将近湘西边境到了一个地名为'茶峒'的小山城时，有一小溪，溪边有座白色小塔，塔下住了一户单独的人家，这人家只一个老人，一个女孩子，一只黄狗。"

湘西就是从《边城》的这一段话里走进千千万万读者心中的，因为每一个阅读《边城》的读者，都会觉得它就像一曲善与希望的田园之歌。20世纪20年代到30年代，年轻的沈从文用那支返璞归真、充满温暖抒情浪漫气息的柔和之笔，为湘西写下了一篇篇"健康、优美、自然"的小说和散文。这本书中所选的，正是他这一时期优秀作品的代表。

一、人性美的赞歌

在这本书中,我们会遇到一个个个性鲜明的人物,并且在心中留下深刻的印象。《边城》里,翠翠淳朴明慧,天保豪爽慷慨,傩送聪明细腻,爷爷厚道真诚;《三三》里,三三清纯质朴,诗意天真,妈妈纯朴善良;《虎雏》和《虎雏再遇记》中的那个"小子"聪明伶俐,外表温雅,骨子里充满了野性……

读着这些生活经历和性格品性各不相同的人物的故事,会有忧伤,会有遗憾,但是,最后留在心中的,往往都是一份温暖的感动,会有一种柳暗花明的感觉,会对更加美好的生活充满了希望。带来这种阅读感受的,就是这一个个故事中洋溢着的生动的人性美,仿佛每一个故事,都是人性美的赞歌。

不是吗?虽然《边城》中,爷爷去世了,天保出了事,傩送远走他乡,翠翠仍然像爷爷那样守在摆渡的岗位,苦恋并等待着傩送的归来。读着《三三》,我们会跟着三三一起欢喜,一起烦恼,一起幻想,那都是因为我们从故事中遇见的是那么天真清纯的一个乡下女孩。

沈从文先生这个时期几乎所有"湘西主题"的作品,都是在表达对"健康、优美、自然而又不悖乎人性的人生形式的赞美"。明白了这一点,我们就找到了读懂这些小说和散文的重要密码。

二、情感美的诗篇

优秀的作品都蕴含着丰富而真挚的情感。沈从文把自己内心丰富的情感写进了每一篇小说和散文里，让每一个作品都成为了富有情感美的"诗篇"。

首先，这情感美体现在一个个形象鲜明的故事人物身上。爷爷对翠翠的疼爱呵护，天保和傩送对翠翠的深情，翠翠对傩送的执着，《鸭窠围的夜》中洋溢在每个普通人身上温暖的人间气息……当然还有《遥夜》中"我"的苦闷怅惘，《西山的月》中对意中人的倾心、赞美和依恋，《废邮存底》中对爱情的强烈渴望和得了"爱"之病后的忐忑、惆怅、希望……

其次，这情感美蕴含在作者对湘西自然和人文环境的描写和感受中。"一个对于诗歌图画稍有兴味的旅客，在这小河中，蜷伏于一只小船上，作三十天的旅行，必不至于感到厌烦，正因为处处有奇迹，自然的大胆处与精巧处，无一地无一时不使人神往倾心。"这是《边城》中作者对白河的赞美。

"黑夜占领了全个河面时，还可以看到木筏上的火光，吊脚楼窗口的灯光，以及上岸下船在河岸大石间飘忽动人的火炬红光。这时节岸上船上皆有人说话，吊脚楼上且有妇人在暗淡的灯光下唱小曲的声音。"《鸭窠围的夜》，那是黄昏落过一阵雪子的寒冷的夜，却在这样的描写中温暖起来。

这本书的每一篇作品里，都有作者心中美好的情感在流动，也流进了我们读者的心里。

三、语言美的华章

沈从文小说和散文吸引人的，还有那既丰富又简约、既通俗又典雅，恬淡中意境全出的语言。

《边城》中写翠翠："翠翠在风日里长养着，故把皮肤变得黑黑的，触目为青山绿水，故眸子清明如水晶。自然既长养她且教育她，为人天真活泼，处处俨然如一只小兽物。人又那么乖，如山头黄麂一样，从不想到残忍事情，从不发愁，从不动气。"美妙的比喻，将翠翠的活泼单纯和作者对翠翠的喜爱表达得自然而酣畅。再如写翠翠的明慧："她喜欢看扑粉满脸的新嫁娘，喜欢说到关于新嫁娘的故事，喜欢把野花戴到头上，还喜欢听人唱歌。茶峒人的歌声，缠绵处她也领略得出。"自由灵活而又具地方色彩的排比，仿佛就是和人物一起从笔端活泼泼地出现了。

"你的眼睛还没掉转来望我，只起了一个势，我早惊乱得同一只听到弹弓弦子响中的小雀了。我是这样怕与你灵魂接触，因为你太美丽了的缘故。但这只小雀它愿意常常在弓弦响声下惊惊惶惶乱窜，从惊乱中它已找到更多的舒适快活了。"《西山的月》中，这看似夸张的表达，却极其真切地写出了那种心动的感觉。

再举《遥夜》中的一段话吧。"我似乎很满足，但并不像往日正当肚中感到空虚时忽然得到一片满涂果子酱的烤面包那么满足，也不是像在月前一个无钱早晨不能到图书馆去取暖时，忽然从小背心第三口袋里寻出一枚两角钱币那么快意，我简直并不是身心的快适，因为这是我灵魂遨游于虹的国，而且灵魂也为这调和的伟大世界溶解了！"这样的对比多么通俗，又是多么令人印象深刻，叫人不得不赞叹作者的语言天赋。

这样美得或叫人沉醉，或叫人惊叹，或叫人品咂沉吟的语言表达，在沈从文的作品中随处可见。他的作品就是一篇篇语言美的华章。

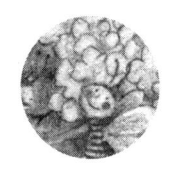

目 录

第一辑 中短篇小说

003 三 三

034 虎 雏

063 边 城（节选）

第二辑 散文精选

085 遥 夜

100 西山的月

105 废邮存底

119 云南看云

第三辑　湘行散记

129　鸭窠围的夜

139　虎雏再遇记

第一辑

中短篇小说

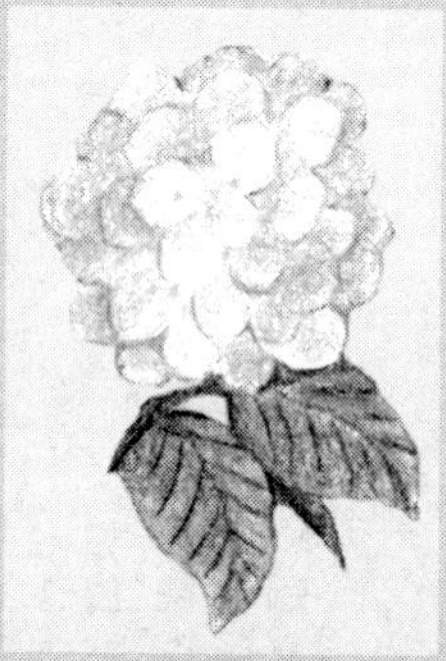

三 三

杨家碾坊在堡子外一里路的山嘴路旁。堡子位置在山弯里，溪水沿了山脚流过去，平平的流，到山嘴折弯处忽然转急，因此很早就有人利用它，在急流处筑了一座石头碾坊。这碾坊，不知从什么时候起，就叫杨家碾坊了。

从碾坊往上看，看到堡子里比屋连墙，嘉树成荫，正是十分兴旺的样子。往下看，夹溪有无数山田，如堆积蒸糕；因此种田人借用水力，用大竹扎了无数水车，用椿木做成横轴同撑柱，圆圆的如一面锣，大小不等竖立在水边。这一群水车，就同一群游手好闲人一样，成日成夜不知疲倦的咿咿呀呀唱着意义含糊的歌。

一个堡寨里只有这样一座碾坊，所以凡是堡子里碾米的事都归这碾坊包办。成天有人轮流挑了仓谷来，把谷子倒进石槽里去后，抽去水闸的板，枧槽里水冲动了下面的暗轮，石磨盘带着动情的声音，即刻就转动起来了。于是主人一面谈说一件事情，一面清理簸箩筛子，到后头包了一块白布，拿着个长把的扫帚，追逐磨盘，跟着打圈儿，扫除溢出槽外的谷米，再到后，谷子便成白米了。

到米碾好了，筛好了，把米糠挑走之后，主人全身是糠灰，常常如同一个滚入豆粉里的汤圆。然而这生活，是明明白白比堡子里许多人生活还从容，而为一堡子中人所羡慕的。

凡是到杨家碾坊碾过谷子的，都知道杨家三三。妈妈二十年前嫁给守碾坊的杨，三三五岁，爸爸就丢下碾坊同母女，什么话也不说死去了。爸爸死去后，母亲作了碾坊的主人，三三还是活在碾坊里，吃米饭同青菜、小鱼、鸡蛋过日子，生活毫无什么不同处。三三先是眼见爸爸成天全身是糠灰；到后爸爸不见了，妈妈又成天全身是糠灰，……于是三三在哭里笑里慢慢的长大了。

妈妈随着碾槽转，提着小小油瓶，为碾盘的木轴铁心上油，或者很兴奋的坐在屋角拉动架上的筛子时，三三总很安静的自己坐在另一角玩。热天坐到风凉处吹风，用包谷秆子作小笼，捉蝈蝈、纺织娘玩。冬天则伴同猫儿蹲在火桶里，拨灰煨栗子吃。或者有时候从碾米人手上得到一个芦管作成的唢呐，就学着打大傩的法师神气，屋前屋后吹着，半天还玩不厌倦。

这碾坊外屋墙上爬满了青藤，绕屋全是葵花同枣树，疏疏树林里，常常有三三葱绿衣裳的飘忽。因为一个人在屋里玩厌了，就出来坐在废石槽上洒米头子给鸡吃；在这时，什么鸡逞强欺侮了另一只鸡，三三就得赶逐那横蛮无理的鸡，直等到妈妈在屋后听到声音，代为讨情才止。

这碾坊上游有一潭，四面是大树覆荫，六月里阳光照不到水面。碾坊主人在这潭中养得有几只白鸭子，水里的鱼也比上下溪里多。照当地习惯，凡靠自己屋前的水，也算是自己财产的一份。水坝既然全为了碾坊而筑成的，一乡公约不许毒鱼下网，所以这小溪里鱼极多。遇不甚面熟的人来钓鱼，看潭边幽

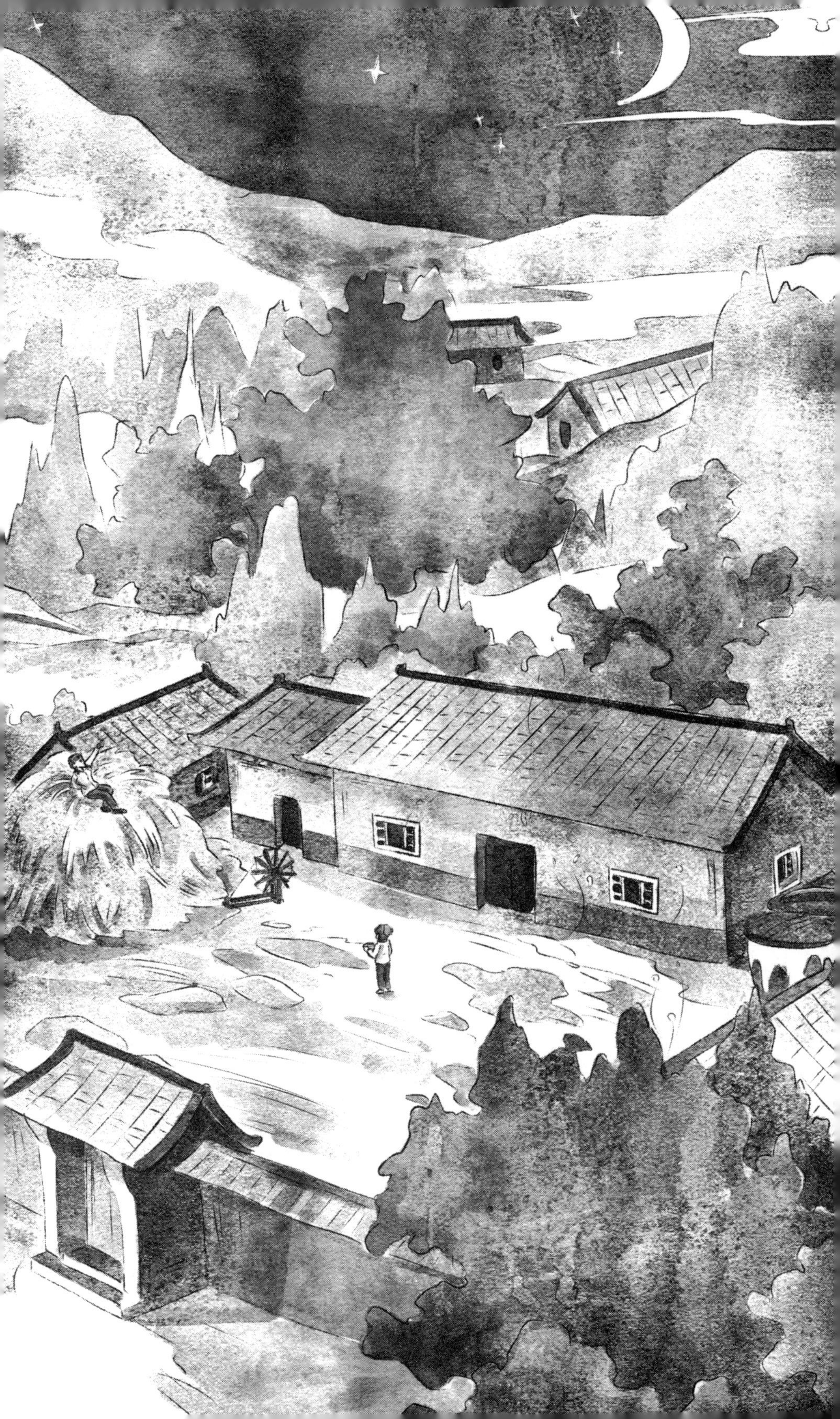

静，想蹲一会儿，三三见到了时，总向人说："不行，这鱼是我家潭里养的，你到下面去钓吧。"人若顽皮一点，听了这个话等于不听到，仍然拿着长长的竿子，搁到水面上去安闲的吸着烟管，望着小姑娘发笑。三三急了，便高声喊叫她的妈："娘，娘，你瞧，有人不讲规矩，钓我们的鱼，你来折断他的竿子，你快来！"娘自然是不会来干涉别人钓鱼的。

母亲就从没有照到女儿意思折断过谁的竿子，照例将说："三三，鱼多咧，让别人钓吧。鱼是会走路的，上面堡子塘里的鱼，因为欢喜我们这里的水，都跑来了。"三三照例应当还记得夜间做梦，梦到大鱼从水里跃起来吃鸭子，听完这个话，也就没有什么可说了，只静静的看着，看这不讲规矩的人，到后究竟钓了多少鱼去。她心里记着数目，回头好告给妈妈。

有时因为鱼太大了一点，上了钩，拉得不合式，撒断了钓竿，三三可乐极了，仿佛娘不同自己一伙，鱼反而同自己是一伙了的神气。那时就应当轮到三三向钓鱼人咧着嘴发笑了。但是三三却常常急忙跑回去，把这件事告给母亲，母女两人同笑。

有时钓鱼的人是熟人，人家来钓鱼时，见到了三三，知道她的脾气，就照例不忘记问："三三，许我钓鱼吧？"三三便说："鱼是各处走动的，又不是我们养的，怎么不能钓！"同一件事情对待不同，原来是来人讲礼，三三也讲礼。

钓鱼的是熟人时，三三常搬了小小木凳子，坐在旁边看鱼上钩，且告给这人，另一时谁个把钓竿撒断的故事。到后这熟人回碾坊时，照例会把所得的大鱼分一些给三三家。三三看着母亲用刀剖鱼，掏出白色的鱼脬来，就放在地上用脚去踹，发声如放一枚小爆仗,听来十分快乐。鱼洗好后,揉了些盐,三三忙取麻线来把鱼穿好,挂到太阳下去晒。等待有客时,这些干鱼同辣子炒在一个碗里待客。母亲如想到折钓竿的话,将说:"这是三三的鱼。"三三就笑,心想着:"怎么不是三三的鱼?潭里鱼若不是归我照管,早被村子里看牛孩子捉完了。"

三三如一般小孩,换几回新衣,过几回节,看几回狮子龙灯,都长大了。熟人都说看到三三是在糠灰里长大的。一个堡子里的人,都愿意得到这糠灰里长大的女孩子做媳妇,因为人人都知道这媳妇的妆奁是一座石头作成的碾坊。照规矩十五岁的三三,要招郎上门,也应当是时候了。但妈妈有了一点私心,记得一次签上的话语,不大相信媒人的话语,所以这碾坊还是只有母女二人,一时节不曾有谁添入。

三三大了,还是同小孩一样,一切得傍着妈妈。母女两人把饭吃过后,在流水里洗了脸,眺望行将下沉的太阳,一个日子就打发走了。有时听到堡子里的锣鼓声音,或是什么人接亲,或是什么人做斋事,"娘,带我去看。"又像是命令又像是请求的说着;若无什么别的理由推辞时,娘总得答应同去。去一会儿,或停顿在什么人家喝一杯蜜茶,荷包里塞满了榛子、胡桃,预备回家时,有月亮天,什么也不用,就可以走回家。遇到夜色晦黑,燃了一把油柴,毕毕剥剥的响着爆着,什么也不必害怕。若到寨子里去玩时,还常有人打了灯笼火把送客,一直送到碾坊外边。三三觉得只有这类事是顶有趣味的事情。在雨里打灯笼走夜路,三三不能常常得到这机会,却常常梦到一人那么拿着小小红纸灯笼,在溪旁走着,好像只有鱼知道这回事。

当真说来,三三的事情,鱼知道的比母亲应当还多一点,也是当然的。三三在母亲身旁，说的是母亲全听得懂的话；那些凡是母亲不明白的，差不多都在溪边说去。溪边除了鸭子就只有那些水里的鱼。鸭子成天自己嘎嘎的叫个不休，哪里还有耳朵听别人说话！

这个夏天，母女两人一吃了晚饭，不到日黄昏，总常常过堡子里一个姓宋的熟人家去，陪一个行将远嫁的姑娘谈天，听一个从小寨来的人唱歌。有一天，照例又进堡子里去，却因为谈到绣花，要三三回碾坊来取样子，三三就一个人赶忙跑回碾坊来。快到屋边时，黄昏里望到溪边有两个人影子，有一个人到树下，拿着一根竿子，好像要下钩的神气。三三心想，这一定是来偷鱼的，因此照规矩喊着："不许钓鱼，这鱼是有主人的！"一面想走上前去看是些什么人。

就听到一个人说："谁说溪里的鱼也有主人？难道溪里活水也可养鱼吗？"

另一人又说："这是碾坊里小姑娘说着玩的。"

先说话的一个人就笑了。

旋即又听到第二个人说："三三，三三，你来，你鱼都被人捉完了！"

三三听到人家取笑她，声音好像是熟人，心里十分不平。就冲过去，预备看是谁在此撒野，以便回头告给母亲。走过去时，才知道那第二回说话的人是堡子里一个管事先生，另外是一个从不见面的年青男人。那男人手里拿的原来只是一个拐杖，不是什么钓竿。那管事先生认得三三，三三也认识他，所以当三三走近身时，就取笑说：

"三三，怎么鱼是你家里养的？你家养了多少鱼呀？"

三三见是堡子里管事先生，什么话也不说了，只低下头笑。头虽低低的，却望到那个好像从城里来的人白裤白鞋，且听到那个男子说："这女孩倒很聪明，很美，长得不坏。"管事的又说："这是我堡子里美人。"两人这样说着，那男子就笑了。

　　到这时，她猜测男子是对她望着发笑。三三心想："你笑我干吗？"又想："你城里人只怕狗，见了狗也害怕，还笑人，真亏你不羞。"她好像这句话已说出了口，为那人听到了，故打量趁此跑去。管事先生知道她要害羞跑了，便说："三三，你别走，我们是来看你碾坊的。你娘呢？"

　　"娘不在碾坊。"

　　"到堡子里听小寨人唱歌去了，是不是？"

　　"是的。"

　　"你怎么不欢喜听唱歌？"

　　"你怎么知道我不欢喜？"

　　管事先生笑着说："因为看你一个人回来，还以为你是听厌了那歌，担心这潭里鱼被人偷尽，所以赶回来看看，好小气！"

　　三三同管事先生说着，慢慢的把头抬起，望到那生人的脸目了，白白的脸好像在什么地方看见过，就估计：莫非这人是唱戏的小生，忘了擦去脸上的粉，所以那么白？……那男子见三三已不再怕人，就问三三：

　　"这是你的家吗？"

　　三三说："怎么不是我家！"

　　因为这答话很有趣味，那男子就说：

　　"你住在这个山沟边，不怕大水把你冲去吗？"

"嗨,"三三抿着小小美丽嘴唇,狠狠的望了这陌生男子一眼,心里想:"狗来了,你这人吓倒落到水里,水就会冲去你。"想着当真冲去的情形,一定很是好笑,就不理会这两人,笑着跑去了。

从碾坊取了花样子回向堡子走去的三三,在潭边再上游一点,望到那两个白色影子还在前面,不高兴又同这管事先生打麻烦,于是故意跟随这两个人身后,慢慢的走着。听两个人说到城里什么人什么事情,听到说开河,又听到说学务局要办学校。因为这两人全都不知道有人在后面,所以自己觉得很有趣味。到后又听管事先生提起碾坊,提起妈妈怎么好,更极高兴。再到后,就听那城里男人说:

"女孩子倒真俏皮,照你们乡下习惯,应当快放人了。"

那管事的先生笑着说:"少爷欢喜,要总爷做红叶,可以去说亲。不过这碾坊是应当由姑爷管业的。"

三三轻轻的呸了一口,停顿了一下,把两个指头紧紧的塞了耳朵。但依然听到那两人的笑声。她想知道那个由城里来好像唱小生的人还要说些什么,所以不久就继续跟上前去。

那小生说些什么,可听不明白,就只听那个管事先生一人说话。那管事先生说:"做了碾坊主人,别的不说,成天可有新鲜鸡蛋吃,也很值得的!"话一说完,两人又笑了。

三三这次可再不能跟上去了,就坐在溪边的石头上,脸上发着烧,十分生气。心里想:"你要我嫁你,我才偏偏不嫁你!我家里的鸡就是成天下二十个蛋,我也不会给你一个吃。"坐了一会,凉凉的风吹到脸上,水声淙淙使她记忆起先一时估计中那男子为狗吓倒跌在溪里的情形,可又快乐了,就望到溪里水深处,一人自言自语说:"你怎么这样不中用,管事的救你,你可以喊他救你!"

到宋家时,宋家婶子正说起一件已经说了一会儿的事情,只听宋家妇人说:

"……他们养病倒希奇,说是养病,日夜睡在廊下风里让风吹。……脸儿白得如闺女,见了人就笑。……谁说是团总的亲戚,团总见他那种恭敬样子,你还不见到。福音堂洋人还怕他,他要媳妇有多少!"

母亲就说:"那么他养什么病?"

"谁知道是什么病?横顺成天吃那些甜甜的药,什么事情不做,在床上躺着。在城里是享福,来乡里也是享福。老庚说,害第三期的病,又说是痨病,说也说不清楚。谁清楚城里人那些病名字。依我想,城里人欢喜害病,所以病的名字特别多。我们不能因害病耽搁事情,所以除打摆子只发烧肚泻,别的名字的病,也就从不到乡下来了。"

另外一个妇人因为生过瘰病,不大悦服宋家妇人武断的话,就说:"我不是城里人,可是也害城里人的病。"

"你舅妈是城里人!"

"舅妈关我什么事?"

"你文雅得像城里人,所以才生疡子!"

这样说着,大家全笑了起来。

母女两人回去时,在路上三三问母亲:"谁是白白脸庞的人?"母亲就照先前一时听人说过的话,告给三三,堡子里如何来了一位城里的病人,样子如何俊,性情如何怪。一个乡下人，对于城中人隔膜的程度，在那些描写里是分明易见的，自然说得十分好笑。在平常某个时节，三三对于母亲在叙述中所加的批评与稍稍过分的形容，总觉得母亲说得极其俨然，十分有味，这时不知如何却不相信这话了。

走了一会，三三忽问："娘，娘，你见到那个城里白脸人没有呢？"

妈妈说："我怎么会见他？我这几天又不到团总家里去。"

三三心想："你不见人怎么说了那么半天。"

三三知道妈妈不见到的，自己倒早见到了，便把这件事保守秘密，却十分高兴。以为只有自己明白这件事情，此外凡是说到城里人的都不甚可靠。

两人到潭边时，三三又问。

"娘，你见团总家管事先生没有？"

若是娘说没有见过，反问她一句，那么，三三就预备把先前遇到那两个人的一切，都说给妈妈听了。但母亲这时正想起别一个问题，完全不关心三三问的话，所以三三把方才的事情瞒着母亲，一个字不提。

第二天，三三的母亲到堡子里去，在团总家门前，碰着那个从城里来的白脸客人，同团总的管事先生，正在围城边看马打滚。那管事先生告她，说他们昨天曾到碾坊前散步，见到三三。又告给三三母亲说，这客人是从城里来养病的客人。到后就又告给那客人，说这个人就是碾坊的主人杨伯妈。那人说，真很同小三姐相像。那人又说三三长得很好，很聪明，做母亲的真福气。说了一阵话，把这老妇人说快乐了，在心中展开了一个幻景，想起自己觉得有些近于糊涂的事情，忙匆匆的回转碾坊去,望着三三痴笑。

三三不知母亲为什么今天特别乐,就问母亲到了什么地方,遇着了谁。

母亲想,应当怎么说好?想了许久才开口:

"三三,昨天你见过谁?"

三三说:"我见到谁?没有!"

娘就笑了:"三三你记记,晚上天黑时,你不看见两个人吗?"

三三以为是娘知道一切了,就忙说:"人有两个,一个是团总家管事的先生,一个是生人……怎么?"

"不怎么。我告你,那个生人就是城里来的先生。今天我看见他们,他们说已经和你认识了,所以我们说了许多话。那人真像个姑娘样子。"母亲说到这里,想起一件事情好笑。

三三以为妈妈是在笑她,偏过头去看土地上灶马,不理会母亲。

母亲说:"他们问我要鸡蛋,你下半天送二十个去,好不好?"

三三听到说鸡蛋,打量昨天两个男人说的笑话都为母亲知道了,心里很不高兴,说道:"谁去送他们鸡蛋?娘,娘,我说……他们是坏人!"

母亲奇怪极了,问:"怎么是坏人?什么地方坏?"

三三红了脸不愿答应。母亲说:

"三三,你说甚么事?"

迟了许久,三三才说:"他们背地里要找团总做媒,把我嫁给那个白脸人。"

母亲听到这天真话什么也不说，笑了好一阵。到后估计三三要跑了，才拉着三三说："小报应，管事先生他们说笑话，这也生气吗？谁敢欺侮你！……"

说到后来，三三也被说笑了。

三三后来就告给娘城里人如何怕狗的话，母亲听后不作声，好久以后，才说："三三，你真还像个小丫头，什么也不懂。"

第二天，妈妈要三三送鸡子到寨子里去，三三不说什么，只摇头。妈妈既然答应了人家，就只好亲自送去。母亲走后，三三一个人在碾坊里玩，玩厌了，又到潭边去看白鸭，看了一会鸭子，等候母亲还不回来，心想莫非管事先生同妈妈吵了架，或者天热到路上发了痧？……心里老不自在，回到碾坊里去。

但是过了一会，母亲可仍然回来了，回到碾坊一脸的笑，跨着脚如一个男子神气。坐在小凳上，不住抹额头上汗水，告给三三如何见到那先生，那先生又如何要她坐到那个用粗布做成的软椅子上去，摇着荡着像一个摇网，怪舒服怪不舒服。又说到城里人说的三三为何不念书，城里女人全念书。又说到……三三正因为等了母亲半天，十分不高兴，如今听到母亲说到的话，莫名其妙，不愿意再听，所以不让母亲说完就走了。走到外边站到溪岸旁，望着清清的溪水，记起从前有人告诉她的话，说这水流下去，一直从山里流一百里，就流到城里了。她这时忖想……什么时候我一定也不让谁知道，就要流到城里去，一到城里就不回来了。但若果当真要流去时，她愿意那碾坊，那些鱼，那些鸭子，以及那一匹花猫，同她在一处流去。

同时还有，她很想母亲永远和她在一处，她才能够安安静静的睡觉。

母亲看不见到三三，站在碾坊门前喊着："三三，三三，天气热，你脸上晒出油了，不要远走，快回来！"

三三一面走回来，一面就自己轻轻的说："三三不回来了！"

下午天气较热，倦人极了，躺到屋角竹凉床上的三三，耳中听着远处水车陆续的懒懒的声音，眯着眼睛望到母亲头上的髻子，仿佛一个瘦人的脸，越看越活，蒙蒙眬眬便睡着了。

她还似乎看到母亲包了白帕子，拿着扫帚追赶碾盘，绕屋打着圈儿，就听到有人在外面说话，提到她的名字。

只听到说："三三到什么地方去了，怎么不出来？"

她奇怪这声音很熟，又想不起是谁的声音，赶忙走出去，站在门边打望，才望到原来又是那个白脸的人，规规矩矩坐在那儿钓鱼。过细看了一下，却看到那个钓竿，是总爷家管事先生的烟杆，一头还冒烟。

拿一根烟杆钓鱼，倒是极新鲜的事情，但身旁似乎又已经得到了许多鱼，所以三三非常奇怪。正想去告母亲，忽然管事先生也从那边来了。

好像又是那一天的那种情景，天上全是红霞，妈妈不在家，自己回来原是忘了把鸡关到笼子里，因此赶忙跑回来捉鸡的。如今碰到这两个人，管事先生同那白脸城里人，都站在那石墩子上，轻轻的在商量一件事情。这两人声音很轻，三三却听得出，是一件关于不利于己的行为。因为听到说这些话，又不能嗾人走开，又不能自己走开，三三就非常着急，觉得自己的脸上也像天上的霞一样。

那个管事先生装作正经人样子说:"我们是来买鸡蛋的,要多少钱把多少钱。"

那个城里人,也像唱戏小生那么把手一扬,就说:"你说错了,要多少金子把多少金子。"

三三因为人家用金子恐吓她,所以说:"可是我不卖给你,不想你的钱,你搬你家大块金子来,到场上去买老鸦蛋吧。"

管事先生于是又说:"你不卖行吗,你舍不得鸡蛋为我做人情,你想想,妈妈以后写庚帖,还少得了管事先生吗?"

那城里人于是又说:"向小气的人要什么鸡蛋,不如算了吧。"

三三生气似的大声说:"就算我小气也行。我把鸡蛋喂虾米,也不卖给人!我们不羡慕别人的金子宝贝。你同别人去说金子,恐吓别人吧。"

可是两个人还不走,三三心里就有点着急,很愿意来一只狗向两个人扑去。正那么打量着,忽然从家里就扑出来一条大狗,全身是白色,大声汪汪的吠着,从自己身边冲过去,即刻这两个恶人就落到水里去了。

于是溪里的水起了许多水花,起了许多大泡,管事先生露出一个光光的头在水面,那城里人则长长的头发,缠在贴近水面的柳树根上,情景十分有趣。

可是一会儿水面什么也没有了,原来那两个人在水里摸了许多鱼,上了岸,拍拍身上的水点,把鱼全拿走了。

三三想去告给妈妈,一滑就跌下了。

刚才的事原来是做一个梦。母亲似乎是在灶房煮夜饭,因为听到三三梦里说话，才赶出来的。见三三醒了，摇着她问："三三，三三，你同谁吵闹？"

三三定了一会儿神，望妈妈笑着，什么也不说。

妈妈说："起来看看，我今天为你焖芋头吃。你去照照镜子，脸睡得一片红！"虽然依照母亲说的，去照了镜子，还是一句话不说。人虽早已清醒，还记得梦里一切的情景。到后来又想起母亲说的同谁吵闹的话，才反去问母亲，究竟听到吵闹些什么话。妈妈自然不注意这些，说听不分明，三三也就不再问什么了。

直到吃饭时，妈妈还说到脸上睡得发红，所以三三就告给老人家先后做了些什么梦，母亲听来笑了半天。

第二次送鸡蛋去时，三三也去了，那时是下午。吃过饭后不久，两人进了团总家的大院子。在东边偏院里，看到城里来的那个客，正躺在廊下藤椅上，眺望天上飞的老鹰。管事的不在家，三三认得那个男子，不大好意思上前去，就要母亲过去，自己站在月门边等候。母亲上前去时节，三三又为出主意，要妈妈站在门边大声说"送鸡蛋的来了"，好让他知道。母亲自然什么都照三三主意作去。三三听母亲说这句话，说到第三次，才引起那个白白脸庞的城里人注意，自己就又急又笑。

三三这时是站在月门外边的。从门罅里向里面窥看，只见那白脸人站起身来又坐下去，正像梦里那种样子。同时就听到这个人同母亲说话，说起天气和别的事情，妈妈一面说话一面尽掉过头来望到三三所在的一边。白脸人以为她就要走去了，便说：

"老太太，你坐坐，我同你说说话。"

妈妈于是坐下了,可是同时那白脸的城里人也注意到那一面门边有一个人等候了,"谁在那里?是不是你的小姑娘?"

一看情形不妙,三三就想跑。可是一回头,却望到管事先生站在身后,不知已站了多久。打量逃走自然是难办到的,末后就被拉着袖子,牵进小院子来了。

听到那个人请自己坐下,听到那个人同母亲说那天在溪边看见自己的情形,三三眼望另一边,傍近母亲身旁,一句话不说,巴不得即刻离开,可是想不出怎么就可以离开。

坐了一会儿,出来了一个穿白袍戴白帽、装扮古怪的女人。三三先还以为是个男子,不敢细细的望。后来听这女人说话,且看她站在城里人身旁,用一根小小白色管子塞进那白脸男子口里去,又抓了男子的手捏着,捏了好一会,拿一支好像笔的东西,在一张纸上写了些什么记号。那先生问"多少'豆'"?就听她回答说:"'豆瘦'同昨天一样。"且因为另外一句话听到这个人笑,才晓得那是一个女人。这时似乎妈妈那一方面,也刚刚才明白这是一个女人,且听到说"多少'豆'",以为奇怪,所以两人互相望望,都抿着嘴笑了起来。

看着这母女生疏的情形,那白袍子女人也觉得好笑,就不即走开。

那白脸城里人说:"周小姐,你到这地方来一个朋友也没有,就同这小姑娘做个朋友吧。她家有个好碾坊,在那边溪头,有一个动人的水车,前面一点还有一个好堰坝。你同她做朋友,就可到那儿去玩,还可以钓些鱼回来。你同她去那边林子里玩玩吧,要这小姑娘告你那些花名、草名。"

这周小姐就笑着过来,拖了三三的手,想带她走去。三三想不走，望着母亲，母亲却做样子努嘴要她去，不能不走。

可是到了那一边，两人即刻就熟了。那看护把关于乡下的一切，这样那样问了她许多。她一面答着，一面想问那女人一些事情，却找不出一句可问的话，只很希奇的望到那一顶白帽子发笑。觉得好奇怪，怎么顶在头上不怕掉下来。

过后听母亲在那边喊自己的名字，三三也不知道还应当同看护告别，还应当说些什么话，只说"妈妈喊我回去，我要走了"，就一个人忙忙的跑回母亲身边，同母亲走了。

母女两人回到路上走过了一个竹林，竹林里恰正当晚霞的返照，满竹林是金色的光。三三把一个空篮子戴在头上，扮作钓鱼翁的样子，同时想起团总家养病服侍病人那个戴白帽子的女人，就和妈妈说：

"娘，你看那个女人好不好？"

母亲说："你说的是哪一个女人？"

三三像以为这答复是母亲故意装作不明白的样子，因此稍稍有点不高兴，向前走去。

妈妈在后面说："三三，你说谁？"

三三就说："我说谁，我问你先个女子，你还问我！"

"我怎么知道你是说谁？你说那姑娘，脸庞红红白白的，是说她吗？"

三三才停着了脚，等着她的妈。且想起自己无道理处，悄悄的笑了。母亲赶上了三三，推着她的背，"三三，那姑娘长得好体面，你说是不是？"

三三本来就觉得这人长得体面，听到妈妈先说，所以就故意说："体面什么？人高得像一条菜瓜，也算体面！"

"人家是读过书来的，你没看她会写字吗？"

"娘，那你明天要她拜你做干娘吧。她读过书，娘，你近来只欢喜读书的。"

"嗨，你瞧你！我说读书好，你就生气。可是……你难道不欢喜读书的吗？"

"男人读书还好，女人读书讨厌咧。"

"你以为她讨厌，那我们以后讨厌她得了。"

"不，干吗说'讨厌她得了'？你并不讨厌她！"

"那你一人讨厌她好了。"

"我也不讨厌她！"

"那是谁该讨厌她？三三，你说。"

"我说，谁也不该讨厌她。"

母亲想着这个话就笑，三三想着也笑了。

三三于是又匆匆的向前走去。因为黄昏太美，三三不久又停顿在前面枫树下了，还要母亲也陪她坐一会，送那片云过去再走。母亲自然不会不答应的。两人坐在那石条子上，三三把头上的竹篮儿取下后，用手整理发辫，就又想起那个男人一样短短头发的女人。母亲说："三三，你用围裙揩揩脸，脸上出汗了。"三三好像没听到妈妈的话，眺望另一方，她心中出奇，为甚么有许多人的脸，白得像茶花。她不知不觉又把这个话同母亲说了，母亲就说，这是他们称呼做"城里人"的理由，不必擦粉，脸也总是很白的。

三三说："那不好看。"母亲也说"那自然不好看"。三三又说："宋家的黑子姑娘才真不好看。"母亲因为到底不明白三三意思所在，拿不稳风向，所以再不敢插言，就只貌作留神的听着,让三三自己去作结论。

三三的结论就只是故意不同母亲意见一致,可是母亲若不说话时,自己就不须结论,也闭了口,不再作声了。

另外某一天,有人从大寨里挑谷子来碾坊的,挑谷子的男人走后,留下一个女人在旁边照料一切。这女人欢喜说白话,且不久才从六十里外一个寨上吃喜酒回来,有一肚子的故事,许多乡村消息,得和一个人说说才舒服,所以就拿来与碾坊母女两人说。母亲因为自己有一个女儿,有些好奇的理由,专欢喜问人家到什么地方吃喜酒,看见些什么体面姑娘,看到些什么好嫁妆。她还明白,照例三三也愿意听这些故事。所以就问那个人,问了这样又问那样,要那人一五一十说出来。

三三却静静的坐在一旁,用耳朵听着,一句话不说。有时说的话那女人以为不是女孩子应当听的,声音较低时,三三就装作毫不注意的神气,用绳子结连环玩,实际上仍然听得清清楚楚。因为听到些怪话,三三忍不住要笑了,却扭过头去悄悄的笑,不让那个长舌妇人注意。

到后那两个老太太,自然而然就说到团总家中的来客,且说及那个白袍白帽的女人了。那妇人说她听人说这白帽白袍女人,是用钱雇来的,雇来照料那个先生,好几两银子一天。但她却又以为这话不十分可靠,以为这人一定就是城里人的少奶奶,或者小姨太太。

三三的妈妈意见却同那人的恰恰相反,她以为那白袍女人,决不是少奶奶。

那妇人就说:"你怎么知道不是少奶奶?"

三三的妈说:"怎么会是少奶奶!"

那人说:"你告诉我些道理。"

三三的妈说:"自然有道理,可是我说不出。"

那人说:"你又看不见,你怎么会知道?"

三三的妈说:"我怎么看不见?……"

两人争着不能解决,又都不能把理由说得完全一点,尤其是三三的母亲,又忘记说是听到过那一位喊叫过周小姐的话,用来作证据。三三却记起许多话,只是不高兴同那个妇人去说。所以三三就用别种的方法打乱了两人不能说清楚的问题。三三说:"娘,莫争这些闲事情,帮我洗头吧,我去热水。"

到后那妇人把米碾完挑走了。把水热好了的三三,坐在小凳上一面解散头发,一面带着抱怨神气向她娘说:

"娘,你真奇怪,欢喜同那老婆子说空话。"

"我说了些什么空话?"

"人家媳妇不媳妇,关你什么事!"

…………

母亲想起什么事来了,抿着口痴了半天,轻轻的叹了一口气。

过几天,那个白帽白袍的女人,却同寨子里一个小女孩子到碾坊来玩了。玩了大半天,说了许多话,妈妈因为第一次有这一个稀客,所以走出走进,只想杀一只肥母鸡留客吃饭,但是又不敢开口,所以十分为难。

三三却把客人带到溪下游一点有水车的地方去,玩了好一阵,在水边摘了许多金针花,回来时又取了钓竿,搬个矮脚凳子，到溪边去陪白帽子女人钓鱼。

溪里的鱼好像也知道凑趣。那女人一根钓竿，一会儿就得了四条大鲫鱼，使她十分欢喜。到后应当回去了，女人不肯拿鱼回去，母亲可不答应，一定要她拿去。并且因为白帽子女人说南瓜子好吃，又另外取了一口袋的生瓜子，要同来的那个小女孩代为拿着。

再过几天，那白脸人同管事先生也来钓了一次鱼，又拿了许多礼物回去。

再过几天，那病人却同女人一块儿来了，来时送了一些用瓶子装的糖，还送了些别的东西，使得主人不知如何措置手脚。因为不敢留这两个人吃饭，所以到临走时，三三母亲还捉了两只活鸡，一定要他们带回去。两人都说留到这里生蛋，用不着捉去，还不行。到后说等下一次来再杀鸡，那两只鸡才被开释放下了。

自从两个客人到来后，碾坊里有点不同过去的样子，母女两人说话，提到"城里"的事情，就渐渐多了。城里是什么样子，城里有些什么好处，两人本来全不知道。两人只从那个白脸男子、白袍女人的神气，以及平常从乡下听来的种种，作为想象的根据，摹拟到城里的一切景况，都以为城里是那么一种样子：有一座极大的用石头垒就的城，这城里就竖了许多好房子。每一栋好房子里面都住了一个老爷同一群少爷；每一个人家都有许多成天穿了花绸衣服的女人，装扮得同新娘子一样，坐在家里，什么事也不必作。每一个人家，房子里一定还有许多跟班同丫头，跟班的坐在大门前接客人的名片，丫头便为老爷剥莲心，去燕窝毛。城里一定有很多条大街，街上全是车马。

城里有洋人，脚杆直直的，就在大街上走来走去。城里还有大衙门，许多官都如"包龙图"一样，威风凛凛，一天审案到夜，夜了还得点了灯审案。虽有一个包大人，坏人还是数不清。城里还有好些铺子，卖的是各样希奇古怪的东西。城里一定还有许多大庙小庙，成天有人唱戏，成天也有人看戏。看戏的全是坐在一条板凳上，一面看戏一面剥黑瓜子，坏女人想勾引人就向人打瞟瞟眼。城门口有好些屠户，都长得胖墩墩的。城门口还坐有个王铁嘴，专门为人算命打卦。

这些情形自然都是实在的。这想象中的都市，像一个故事一样动人，保留在母女两人心上，却永远不使两人痛苦。她们在自己习惯生活中得到幸福，却又从幻想中得到快乐，所以若说过去的生活是很好的，那到后来可说是更好了。

但是，从另外一些记忆上，三三的妈妈却另外还想起了一些事情，因此有好几回同三三说话到城里时，却忽然又住了口不说下去。三三询问这是什么意思，母亲就笑着，仿佛意思就只是想笑一会儿，什么别的意思也没有。

三三可看得出母亲笑中有原因，但总没有方法知道这另外原因究竟是什么。或者是妈妈预备要搬进城里，或者是做梦到过城里，或者是因为三三长大了，背影子已像一个新娘子了，妈妈惊讶着，这些躲在老人家心上一角儿的事可多着呐。三三自己也常常发笑，且不让母亲知道那个理由。每次到溪边玩，听母亲喊"三三你回来吧"，三三一面走一面总轻轻的说："三三不回来了，三三永不回来了。"为什么说不回来，不回来又到什么地方去落脚，三三并不曾认真打量过。

有时候两人都说到前一晚上梦中去过的城里，看到大衙门大庙的情形，三三总以为母亲到的是一个城里，她自己所到又是一个城里。城里自然有许多，同寨子差不多一样，这个三三老早就想到了的。三三所到的城里一定比母亲那个还远一点，因为母亲凡是梦到城里时，总以为同团总家那堡子差不多，只不过大了一点，却并不很大。三三因为听到那白帽子女人说过，一个城里看护至少就有两百，所以她梦到的，就是两百个白帽子女人的城里！

妈妈每次进寨子送鸡蛋去，总说他们问三三，要三三去玩，三三却怪母亲不为她梳头。但有时头上辫子很好，却又说应当换干净衣服才去。一切都好了，三三却常常临时又忽然不愿意去了。母亲自然不强着三三的。但有几次母亲有点不高兴了，三三先说不去，到后又去；去到那里，两人却都很快乐。

人虽不去大寨，等待妈妈回来时，三三总愿意听听说到那一面的事情。母亲一面说，一面注意三三的眼睛，这老人家懂得到一点三三心事。她自己以为十分懂得三三，所以有时话说得也稍多了一点。譬如关于白帽子女人，如何照料白脸男子那一类事，母亲说时总十分温柔，同时看三三的眼睛，也照样十分温柔。于是，这母亲，忽然又想到了远远的什么一件事，不再说下去；三三也想到了另外一件事，不必妈妈说话了。母女两人就沉默了。

寨子里人有次又过碾坊来了，来时三三已出到外边往下溪水车边采金针花去了。三三回碾坊时，望见母亲同那个人商量什么似的在那里谈话，一见到三三，就笑着什么也不说。三三望望母亲的脸，从母亲脸上颜色，她看出像有些什么事情，很有点蹊跷。

那人一见三三就说:"三三,我问你,怎么不到堡子里去玩,有人等你!"

三三望望自己手上那一把黄花,头也不抬说:"谁也不等我。"

"你的朋友等你。"

"没有人是我的朋友。"

"一定有人!想想看,有一个人!"

"你说有就有吧。"

"你今年几岁,是不是属龙的?"

三三对这个谈话觉得有点古怪,就对妈妈看着,不即作答。

"你不说我也知道,你妈妈还刚刚告我,四月十七,你看对不对?"

三三心想,四月十七、五月十八你都管不着,我又不希罕你为我拜寿。但因为听说是妈妈告的,三三就奇怪,为什么母亲同别人谈这些话。她就对母亲把小小嘴唇撇了一下,怪着她不该同人说起这些。本来折的花应送给母亲,也不高兴了,就把花放在休息着的碾盘旁,跑出到溪边,拾石子打飘飘梭去了。

不到一会儿,听到母亲送那人出来了,三三赶忙用背对着大路,装着眺望溪对岸那一边牛打架的样子,好让他们走去。那人见三三在水边,却停顿到路上,喊三姑娘,喊了好几声,三三还故意不理会,又才听到那人笑着走了。

到了晚上,母亲因为见三三不大说话,和平时完全不同了，母亲说："三三，怎么，是不是生谁的气？"

三三口上轻轻的说"没有"，心里却想哭一会儿。

过两天，三三又似乎仍然同母亲讲和了，把一切事都忘掉了，可是再也不提到大寨里去玩，再也不提醒母亲送鸡蛋给人了。同时母亲那一面，似乎也因为了一件事情，不大同三三提到城里的什么，不说是应当送鸡蛋到大寨去了。

日子慢慢的过着，许多人家田间的新稻，为了好的日头同恰当的雨水，长出的禾穗全垂了头。有些人家的新谷已上了仓，有些人家摘着早熟的禾线，舂出新米各处送人尝新了。

因为寨子里那家嫁女的好日子快到了，搭了信来接母女两人过去陪新娘子。母亲正新给三三缝了一件葱绿布围裙，要三三去住两天。三三没有什么理由可以说不去，所以母女两人就带了些礼物到寨子里来了。到了那个嫁女的家里，按照一乡的风气，在女人未出阁以前，有展览妆奁的习惯，一寨子的女人都可来看，就见到了那个白帽子的女人。她因为在乡下除了照料病人就无什么事情可作，所以一个月来在乡下就成天同乡下女人玩玩，如今随同别的女人来看嫁妆，碰到了三三母女两人。

一见面，这白帽子女人便用城里人的规矩，怪三三母亲，问为什么多久不到总爷家里来看他们；又问三三，为什么忘了她。这母女两人自然什么也不好说，只按照一个乡下人的方法，望到略显得黄瘦了的白帽子女人笑着。后来这白帽子的女人就告给三三妈妈，说病人的病还不怎么好，城里医生来了一次，以为秋天还要换换地方，预备八月里回城去，再要到一个顶远的有海的地方去养息。因为不久就要走了，所以她自己同病人，都很想念母女两人，和那个小小碾坊。

这白帽子女人又说，曾托过人带信要她们来玩的，不知为什么她们不来。又说，她很想再来碾坊那小潭边钓鱼，可是因为天气热了一点，不好出门。

这白帽子女人，看见三三的新围裙，裙上还扣了朵小花，式样秀美，充满了一种天真的妩媚，就说：

"三三，你这个围腰真美，妈妈自己作的是不是？"

三三却因为这女人一个月以来脸晒红多了，就只望着这个人的红脸好笑，笑中包含了一种纯朴的友谊。

母亲说："我们乡下人，要什么讲究东西，只要穿得上身就好了。"因为母亲的话不大实在，三三就轻轻的接下去说："可是改了三次。"

那白帽女人听到这个话，向母女笑着，"老太太你真有福气，做你女儿的也真有福气。"

"这算福气吗？我们乡下人，哪里比得城里人好。"

因为有两个人正抬了一盒礼物过去，三三追上前想看看是什么时，白帽子女人望着三三的背影，"老太太，你三姑娘陪嫁的，一定比这家还多。"

母亲也望那一方说："我们是穷人，姑娘嫁不出去的。"

这些话三三都听到，所以看完了那一抬礼，还不即过来。

说了一阵话，白帽子女人想邀母女两人进寨子里去看看病人，母亲见三三神气有点不高兴，同时且想起是空手，乡下人照例不好意思空手进人家大门，所以就答应过两天再去。

又过了几天，母女两人在碾坊，因为谈到新娘子敷水粉的事情，想起白帽子女人的脸，一到乡下后就晒红了许多的情形，且想起那天曾答应人家的话了，所以妈妈问三三，什么时候高兴去寨子里看"城里人"。三三先是说不高兴，到后又想了一下，去也不什么要紧，就答应母亲，不拘那一天去都行。既然不拘什么时候，那么，自然第二天就可以去了。

因为记起那白帽子女人说的话，很想来碾坊玩，所以三三要母亲早上同去，好就便邀客来，到了晚上再由三三送客回去。母亲却因为想到前次送那两只鸡，客人答应了下次来吃，所以还预备早早的回来，好杀鸡款客。

一早上，母女两人就提了一篮鸡蛋，向大寨走去。过桥，过竹林，过小小山坡，道旁露水还湿湿的。金铃子像敲钟一样，叮叮的从草里发出声音来，喜鹊喳喳的叫着从头上飞过去。母亲走在三三的后面，看到三三苗条如一根笋子，拿着棍儿一面走一面打道旁的草，记起从前团总家管事先生问过她的话，不知道究竟是什么意思。又想到几天以前，白帽子女人说及的话，就觉得这些从三三日益长大快要发生的事情，不知还有许多。

她零零碎碎就记起一些属于别人的印象来了……一顶凤冠，用珠子穿好的，搁到谁的头上？二十抬贺礼，金锁金鱼，这是谁？……床上撒满了花，同百果、莲子、枣子，这是谁？……这是谁？……那三三是不是城里人？……

若不是滑了一下，向前一窜，这梦还不知如何放肆做下去。

因为听妈妈口上连作呔呔，三三才回过头来，"娘，你怎么？想些什么？差点儿把鸡蛋篮子也摔了。你想些什么？"

"我想我老了，不能进城去看世界了。"

"你难道欢喜进城吗？"

"你将来一定是要到城里去的！"

"怎么一定？我偏不上城里去！"

"那自然好极了。"

两人又走着，三三忽然又说："娘，娘，为什么你说我要到城里去？你怎么个想起这事情？"

母亲忙分辩说："你不去城里，我也不去城里。城里天生是给城里人预备的；我们有我们的碾坊，自然不会离开的。"

不到一会儿，就望到大寨子那门楼了，门前有许多大榆树和梧桐。两人进了寨门向南走，快要走到时，就望见榆树下面，有许多人站立，好像在看热闹，其中还有些人，忙手忙脚的搬移一些东西，看情形一定是发生了什么事情，或者来了远客，或者还有别的原因。母女两人也不怎么出奇，依然慢慢的走过去。三三一面走一面说："莫非是衙门的委员来了？娘，我在这里等你，你先过去看看吧。"母亲随随便便答应着，心里觉得有点蹊跷，就把篮子放下，要三三等着，自己赶上前去了。

这时恰巧有个妇人抱了自己孩子向北走，预备回家，看见三三了，就问："三三，怎么你这样早，有些什么事？"但同时却看到了三三篮里的鸡蛋了，"三三，你送谁的礼呢？"

三三说："随便带来的。"因为不想同这人说别的话，于是低下头去，用手盘弄那个盘云的葱绿围腰扣子。

那妇人又说："你妈呢？"

三三还是低着头用手向南方指着，"过那边去了。"

那女人说："那边死了人。"

"是谁死了？"

"就是上个月从城中搬来养病的少爷。只说是病，前一些日子还常常出外面玩,谁知忽然犯病就死了。"

三三听到这个,心里一跳,心想:"难道是真话吗?"

这时节,母亲从那边也知道消息了,匆匆忙忙的跑回来,心门口咚咚跳着,脸儿白白的,到了三三跟前,什么话也不说,拉着三三就走。好像是告三三,又像是自言自语的说:"就死了,就死了,真不像会死!"

但三三却立定了,问:"娘,那白脸先生死了吗?"

"都说是死了的。"

"我们难道就回去吗?"

母亲想想,"真的,难道就回去?"

因此母女两人又商量了一下,还是过去看看,好知道究竟是什么原因。三三且想见见那白帽子女人,找到白帽子女人一切就明白了。但一走进大门边,望见许多人站在那里,大门却敞敞的开着。两人又像怕人家知道她们是来送礼的,不敢进去。在那里就听许多人说到这个病人的一切,说到那个白帽子女人,称呼她为病人的媳妇,又说到别的。都显然证明这些人并不和这两个城里人有什么熟识。

三三脸白白的拉着妈妈的衣角,低声的说:"娘,走。"两人于是就走了。

到了磨坊,因为有人挑了谷子来在等着碾米,母亲提着蛋篮子进去了。三三站立溪边,眼望一泓碧流,心里好像掉了什么东西。极力去记忆这失去的东西的名称,却数不出。

母亲想起三三了,在里面喊着三三的名字,三三说:"娘,我在看虾米呢。"

"来把鸡蛋放到坛子里去，虾米在溪里可以成天看！"因为母亲那么说着，三三只好进去了。水闸门的闸板已提起，磨盘正开始在转动，母亲各处找寻油瓶，为碾盘轴木加油，三三知道那个油瓶挂在门背后，却不作声，尽母亲乱乱的各处去找。三三望着那篮子，就蹲到地下去数篮里的鸡蛋，数了半天。后来碾米的人，问为什么那么早拿鸡蛋往别处去，送谁，三三好像不曾听到这个话，站起身来又跑出去了。

1931年9月写成于青岛
原载《文艺月刊》二卷九期
1941年11月在昆明重看
1957年3月校正

名师赏析

三三是一个单纯而烂漫的女孩，读着三三的故事，既为她的天真单纯所吸引，又时时刻刻担心这样一个对未来充满幻想而又莫名紧张的女孩，会不会有什么不好的遭遇。这就是沈从文先生笔下湘西乡下女孩共同的特点，和她们带给读者的阅读体验。

三三与妈妈相依为命，靠一座磨坊生活得还算无忧无虑。直到她十五岁，有一天村里来了一位年轻的"城里人"，三三的心里开始有了悸动，对爱情有了朦胧的意识。甚至，她和妈妈一起，对城里生活产生了幻想。这种幻想随着"城里人"突然病死了，也就结束了。三三和妈妈的生活重又恢复宁静和平常。

　　小说中几乎每一个人物的所思所想所做，都让人感受到纯良的人性之美。这种人性美与湘西乡下的自然美融为一体，让小说充满了诗意。即使引起她们幻想的"城里人"病死了，母女的幻想也戛然而止，但这并不给人悲剧的感觉，反而让人为她们感到庆幸——她们自自然然地生活在这美丽的乡下，就是最幸福的。

虎　雏

　　我那个做军官的六弟上年到上海时，带来了一个小小勤务兵，见面之下就同我十分谈得来，因为我从他口上打听出了多少事情，全是我想明白始终无法可以明白的。六弟到南京去接洽事情时，就把他暂时丢在我的住处。这小兵使我十分中意。我到外边去玩玩时，也常常带他一起去。人家不知道的，都以为这就是我的弟弟，有些人还说他很像我的样子。我不拘把他带到什么地方去，见到的人总觉得这小兵不坏。其实这小孩真是体面得出众的。一副微黑的长长的脸孔，一条直直的鼻子，一对秀气中含威风的眉毛，两个大而灵活的眼睛，都生得非常合式，比我六弟品貌还出色。

　　这小兵乖巧得很，气派又极伟大。他还认识一些字，能够看《三国演义》。我的六弟到南京把事办完要回湖南军队里去销差时，我就带开玩笑似的说：

　　"军官，咱们俩商量一下，把你这个年青人留下给我，我来培养他，他会成就一些事业。你瞧他那样子，是还值得好好儿来料理一下的！"

　　六弟先不大明白我的意思，就说我不应当用一个副兵，因为多一个人就多一种累赘。并且他知道我脾气不大好，今天欢喜的自然很有趣味，明天遇到不高兴时，送这小子回湘可不容易。

他不知道我意思是要留他的副兵在上海读书的，所以说我不应当多一个累赘。

我说："我不配用一个副兵，是不是？我不是要他穿军服，我又不是军官，用不着这排场！我要他穿的是学校的制服，使他读点书。"我还说及，"倘若机会使这小子傍到一个好学堂，我敢断定他将来的成就比我们弟兄高。我以为我所估计的绝不会有什么差错，因为这小兵绝不会永远做小兵的。可是我又见过许多人，机会只许他当一个兵，他就一辈子当兵，也无法翻身。如今我意思就在给这小兵另外一种不同机会，使他在一个好运气里，得到他适当的发展。我认为我是这小兵的温室。"

我的六弟听到了我这种书生意见，觉得十分好笑，大声的笑着。

"那你简直在毁他！"他很认真的样子说，"你以为那是培养他，其中还有你一番好意值得感谢，你以为他读十年书就可以成一个名人，这真是做梦！你一定问过他了，他当然答应你说这是很好的。这个人不止是外表可以使你满意，他的另外一方面做人处，也自然可以逗你欢喜。可是你试当真把他关到一个什么学校里去看看，你就可以明白，一个作了三年勤务兵在我们那个野蛮地方长大的人，是不是还可以读书了。你这时告诉他读书是一件好事，同时你又引他去见那些大学教授以及那些名人，你口上即不说这是读书的结果，他仍然知道这些人因为读了点书才那么舒服尊贵的。我听到他告我，你把他带到那些绅士的家中去，坐在软椅上，大家很亲热和气的谈着话，又到学校去，看看那些大学生，走路昂昂作态，仿佛家养的公鸡。穿的衣服又有各种样子，他乍一看自然也很羡慕。但是他正像你看军人一样，就只看到表面。你不是常常还说想去当兵吗？好，你何妨再去试试。我介绍你到一个队伍里去试试，看看我们的生活，是不是如你所想象的美，以及旁人所说及的坏。你欢喜谈到，你去生活一阵好了。等你到了那里拖一月两月，你才明白我们现在的队伍，是些什么生活。平常人用自己物质爱憎与自己道德观念作标准，批评到与他们生活完全不同的军人，没有一个人说得对。你是退伍的人，可是十年来什么也变了，如今再去看看，你就不会再写那种纵容放荡的军人生活回忆了。战争使人类的灵魂野蛮粗糙，你能说这句话却并不懂它的真实意思。"

我原来同我六弟说的，是把他的小兵留下来读书，谁知平时说话不多的他，就有了那么多空话可说。他的话中意思，有笑我是十足书生的神气。我因为那时正很有一点自信，以为环境可以变更任何人性，且有点觉得六弟的话近于武断了。我问他当了兵的人就不适宜于进一个学校去的理由是些什么，有些什么例子。

六弟说："二哥，我知道你话里意思有你自己。你正在想用你自己作辩护，以为一个兵士并不较之一个学生为更无希望，因为你是一个兵士。你莫多心，我不是想取笑你，你不是很有些地方出众吗？也不只是你自己觉得如此，你自己或许还明白你不会做一个好军人，也不会成一个好艺术家。（你自己还承认过不能做一个好公民，你原是很有自知之明！）人家不知道你时，人家却异口同声称赞过你！你在这情形下虽没有什么得意，可是你却有了一种不甚正确的见解，以为一个兵士同一个平常人有同样的灵魂。我要纠正这个，你这是完全错误了的。平常人除了读过几本书学得一些礼貌和虚伪世故外，什么也不会明白，他当然不会理解这类事情。但是你不应当那么糊涂。这完全是两种世界两种阶级，把他牵强混合起来，并不是一个公平的道理！你只会做梦，打算一篇文章如何下手，却不能估计一件事情。"

"你不要说我什么，我不承认的。"我自然得分辩，不能为一个军官说输，"我过去同你说到过了，我在你们生活里，不按到一个地方的习惯，好好儿的当一个下级军官，慢慢的再图上进，已经算是落伍了的军人。再到后来，逃到另外一个方向上来，又仍然不能服从规矩，和目下的社会习俗谋妥协，现在成了个不文不武的人，自然还是落伍。我自己失败，我明白是我的性格所形成。我有一个诗人的气质，却是一个军人的派头，所以到军队人家嫌我懦弱，好胡思乱想，想那些远处，打算那些空事情，分析那些同我在一处的人的性情，同他们身份不合。到读书人里头，人家又嫌我粗率，做事马虎，行为简单得怕人，与他们身份仍然不合。在两方面都得不到好处，因此毫无长进，对生活且觉得毫无意义。这是因为我的体质方面的弱点，那当然是毫无办法的。至于这小副兵，我倒不相信他依然像我这样子。"

"你不希望他像你，你以为他可以像谁？还有就是他当然也不会像你。他若当真同你一样，是一个只会做梦不求实际、只会想象不要生活的人，这时跟了我回去，机会只许他当兵，他将来还自然会做一个诗人。因为一个人的气质虽由于环境造成,他还是将因为另外一种气质反抗他的环境,可以另外走出一条道路。若是他自己不觉到要读书,正如其他人一样,许多人从大学校出来,还是做不出什么事业来。"

"我不同你说这种道理,我只觉得与其让这小子当兵,不如拿来读书。他是家中舍弃了的人,把他留在这里,送到我们熟人办的那个××中学校去,既不花钱,又不费事,这事何乐不为。"

我的六弟好像就无话可说了,问我××中学要几年毕业。我说,还不是同别的中学一个样子,六年就可以毕业吗?六弟又笑了,摇着那个有军人风的脑袋。

"六年毕业,你们看来很短,是不是?因为你说你写小说至少也要写十年才有希望。你们看日子都是这样随便,这一点就证明你不是军人。若是军人,他将只能说六个月的。六年的时间,你不过使这小子从一个平常中学毕业,出了学校找一个小事做,还得熟人来介绍。到书铺去当校对,资格还发生问题。可是在我们那边,你知道六年的时间,会使世界变成什么样子?一个学生在六年内还只有到大学的资格,一个兵士在六年内却可以升到营连长。两件事比较起来,相差得可太远了。生长在上海,家里父兄靠了外国商人供养,做一点小小事情,慢慢的向上爬去。十年八年因为业务上谨慎,得到了外国资本家的信托,把生活举起,机会一来就可以发财。儿子在大学毕业,就又到洋行去做写字,这是上海洋奴的人生观。另外不做外国商人的奴隶,不做官,宁愿用自己所学去教书,自然也还有人。但是你若没有依傍,到什么地方去找书教?你一个中学校出身的人,除了教小学还可以做什么?本地小学教员比兵士收入不会超过一倍，一个稍有作为的兵士，对于生活改变的机会，却比一个小学教员多十倍。若是把这两件事平平的放在一处，你选择什么？"

我说："你意思以为六年内你的副兵可以做一个军官，是不是？"

"我意思只以为他不宜读书。因为你还不宜于同读书人在一处谋生活，他自然更不适当了。"

我还想对于这件事有所争论，六弟却明白我的意思，他就抢着说："你若认为你是对的，我尽你试验一下，尽事实来使你得到一个真理。"

本来听了他说的一些话，我把这小子改造的趣味已经减去一半了，但这时好像故意要同这一位军官斗气似的，我说："把他交给我再说。我要他从国内最好的一个大学毕业，才算是我的主张成功。"

六弟笑着："你要这样麻烦你自己，我也不好意思坚持了。"

我们算是把事情商量定局了。六弟三天后即将回返湖南，等他走后我就预备为这未来的学士，找朋友补习数学和一切必需课程，我自己还预备每天花一点钟来教他国文，花一点钟替他改正卷子。那时是十月，两月后我算定他就可以到××中学去读书了。我觉得我在这小兵身上，当真会做出一分事业来，因为这一块原料是使人不能否认可以治成一件值价的东西的。

我另外又单独的和这个小兵谈及，问他是不是愿意不回去，就留在这里读书。他欢喜的样子是我描摹不来的。他告我不愿意做将军，愿意做一个有知识的平民。他还就题发挥了一些意见，我认为意见虽不高明，气概却极难得。到后我把我们的谈话同六弟说及，六弟总是觉得好笑，我以为这是六弟军人顽固自信的脾气，所以不愿意同他分辩什么。

过了三天。三天中这小副兵真像我的最好的兄弟，我真不大相信有那么聪颖懂事的人。他那种识大体处，不拘什么人看到时，我相信都得找几句话来加以赞美，才会觉得不辜负这小子。

我不管六弟样子怎么冷落，却不去看他那颜色，只顾为我的小友打算一切。我六弟给过了我一百块钱，我那时在另外一个地方，又正得到几十块钱稿费，一时没有用去。我就带了他到街上去，为他看应用东西。我们又到另一处去看中了一张小床，在别的店铺又看中其他许多东西。他说他不欢喜穿长衣，那个太累赘了一点，我就为他定了一套短短黑呢中山服，制了一件粗毛呢大衣。他说小孩子穿方头皮鞋合式一点，我就为他定制了一双方头皮鞋。我们各处看了半天，估计一切制备齐全，所有钱已用去一半，我还好像不够的样子，倒是他说不应当那么用钱，我们两个人才转回住处。我预备把他收拾得像一个王子，因为他值得那么注意。我预备此后要使他天才同年龄一齐发展，心里想到了这小子二十岁时，一定就成为世界上一个理想中的完人。他一定会音乐和图画，不擅长的也一定极其理解。他一定对于文学有极深的趣味，对于科学又有极完全的知识。他一定坚毅诚实，又一定健康高尚。他不拘做什么事都不怕失败，在女人方面，他的成功也必然如其他生活一样。他的品貌与他的德行相称，使同他接近的人都觉得十分爱敬。……

不要笑我，我原是一个极善于在一个小事情上做梦的人，那个头顶牛奶心想二十年后成家立业的人是我所心折的一个知己。我小时听到这样一个故事,听人说到他的牛奶泼在地上时,大半天还是为他惆怅。如今我的梦,自然已经早为另一件事破灭了。可是当时我自己是忘记了我的奢侈夸大想象的,我在那个小兵身上做了二十年梦,我还把二十年后的梦境也放肆的经验到了。我想到这小子由于我的力量,成就了一个世界上最完全最可爱的男子,还因为我的帮助,得到一个恰恰与他身分相称的女子做伴,我在这一对男女身边,由于他人的幸福,居然能够极其从容的活到这世界上。那时我应当已经有了五十多岁,我将感到生活的完全,因为那是我的一件事业,一种成功。

到后只差一天六弟就要回转湖南销差去了,我们三人到一个照相馆里去拍了一个照相。把相照过后,我们三人就到××戏院去看戏。那时时候还不到,又转到××园里去玩。在园里树林子中落叶上走着,走到一株白杨树边,就问我的小朋友,爬不爬得上去,他说爬得上去。走了一会,又到一株合抱大枫树边,问这个爬不爬得上去,他又说爬得上去。一面走就一面这样说话,他的回答全很使我满意。六弟却独在前面走着,我明白他觉得我们的谈话是很好笑的。到后听到枪声,知道那边正有人打靶。六弟很高兴的走过去,我们也跟了过去。远远的看那些人伏在一堵土堆后面,向那大土堆的白色目标射击,我问他是不是放过枪,这小子只向着六弟笑,不敢回答。

我说:"不许说谎,是不是亲自打过?"

"打过一次。"

"打过什么?"

这小子又向着六弟微笑，不能回答。

六弟就说："不好意思说了吗？二哥你看起他那样子老实温和，才真是小土匪！为他的事我们到××差一点儿出了命案。这样小小的人，一拳也经不起，到××去还要同别的人打架，把我手枪偷出去，预备同人家拼命，若不是运气，差一点就把一个岳云学生肚子打通了。到汉口时我检查枪，问他为甚么少了一颗子弹，他才告我在长沙同一个人打架用了的。我问他为甚么敢拿枪去打人，他说人家骂了他丑话，又打不过别人，所以想一枪打死那个人。"

六弟觉得无味的事，我却觉得更有趣味，我揪着那小子的短头发，使他脸望着我，不好躲避，我就说："你真是英雄，有胆量。我想问你，那个人比你大多少？怎么就会想打死他？"

"他大我三岁，是岳云中学的学生。我同参谋在长沙住在××，六月里我成天同一个军事班的学生去湘江洗澡，在河里洗澡，他因为泅水比我慢了一点，和他的同学，用长沙话骂我屁股比别人的白，我空手打不过他，所以我想打死了他。"

"那以后怎么又不打死他？"

"打了一枪不中，子弹挤了膛，我怕他们捉我，所以就走脱了。"

六弟说："这种性情只好去当土匪，三年就可以做大王。再过一阵就会被人捉去示众。"

我说："我不承认你这句话。他的胆量使他可以做大王，也就可以使他做别的伟大事业。你小时也是这样的。同人到外边去打架胡闹，被人用铁拳星打破了头，流满了一脸的血，说是不许哭，你就不哭。所以你现在做军官，也不失为一个好军人。

若是像我那么不中用，小时候被人欺侮了，不能报仇，就坐在草地上去想，怎么样就学会了剑仙使剑的方法，飞剑去杀那个仇人。或者想自己如何做了官，派家将揪着仇人到衙门来打他一千板屁股，出出这一口气。单是这样空想，有什么用处？一个人越善于空想，也就越近于无用，我就是一个最好的榜样。"

六弟说："那你的脾气也不是不好的脾气，你就是因为这种天赋的弱点，成就了你另外一份天赋的长处。若是成天都想摸了手枪出去打人，你还有什么创作可写。"

"但是你也知道多少文章就有多少委屈。"

"好，我汉口那把手枪就送给你，要他为你收着，此后若有什么被人欺侮的事，都要这个小英雄去替你报仇好了。"

六弟说得我们大家都笑了。我向小兵说："假若有一把手枪，将来我讨厌什么人时，要你为我去打死他们，敢不敢去动手。"他望了我笑着，略略有点害羞，毅然的说"敢"。我很相信他的话，他那态度是诚恳天真，使人不能不相信的。

我自然是用不着这样一个镖客喔！因为始终我就没有一个仇人值得去打一枪。有些人见我十分沉静，不大谈长道短。间或在别的事上造我一点谣言，正如走到街上被不相识的狗叫了一阵的样子，原因是我不大理会他们，若是稍稍给他们一点好处，也就不至于吃惊受吓了。又有些自己以为读了很多书的人，他不明白我，看我不起，那也是平常的事。至于女人都不欢喜我，其实就是我把逗女人高兴的地方都太疏忽了一点。若我觉得是一种仇恨，那报仇的方法，倒还得另外打算，更用不着镖客的手枪了。

不过我身边有了那么一个勇敢如小狮子的伙伴，我一定从此也要强悍一点,这是我顶得意的。我的气质即或不能许我行为强梁,我的想象却一定因为身边的小伴,可以野蛮放肆一点。他的气概给了我一种气力,这气力是永远能够存在而不容易消灭的。

那天我们看的电影是《神童传》,说一个孤儿如何奋斗成就一生事业。

第二天,六弟就动身回湖南去了。因六弟坐飞机去,我们送他到飞机场。六弟见我那种高兴的神气,不好意思说什么扫兴的话批评小兵,他当到小兵的面告我,若是觉得不能带他过日子时,就送他到南京师部办事处去。因为那边常有人回湖南,他就仍然可以回去。六弟那副坚决冷静的样子,使我感到十分不平,我就说:

"我等到你后来看他的成就,希望你不要再用你的军官身分看待他!"

"那自然是好的。你自信能成就他,只怕他不能由你造就。你就留下他过几个月看看吧。"

我纠正他的话,大声说:"过几年。"

六弟忙说:"好,过几年一件事能过几年不变,我自然也高兴极了。"

时间已到,六弟坐到飞机客座里去,不一会这飞机就开走了。我们待飞机完全不见时方回家来。回来时我总记到六弟那种与我意见截然相反的神气,觉得非常不平。以为六弟真是一个军人,看事情都简单得怕人,成见极深,有些地方真似乎顽固得很。我因为把六弟说的话放在心上,便更想耐烦来整顿我这个小兵,想用事实来打破六弟的成见。三年后暑假带这小兵回乡时,将让一切人为我处理这小孩子的成绩惊讶不已。

六弟走后我们预定的新生活便开始了。看看小兵的样子,许多地方聪明处还超过了我的估计,读书写字都极其高兴。过了四天,数学教员也找到了,教数学的还是一个大学教授!这大教授一到我处,见到这小兵正在读书,他就十分满意,他说:"这小朋友我很爱他,真是一个笑话。"我说:"那就妙极了。他正在预备考××中学,你大教授权且来尽义务充一个小学教员,教他乘法除法同分数吧。"这大教授当时毫不迟疑就答应了。

许多朋友都知道我家中有一个小天才的事情了。凡是来到我住处玩的,总到亭子间小朋友处去谈谈。同了他玩过一点钟的,无一人不觉得他可爱,无一人不觉得这小子将来成就会超过自己。我的朋友音乐家××,就主张这小朋友学提琴,他愿意每天从公共租界极北跑来教他。我的朋友诗人××,又觉得这小孩应当成一个诗人。还有一个工程学教授宋先生,他的意见却劝我送小孩子到一个极严格的中学校去,将来卒业若升入北洋大学时,他愿意帮助他三年学费。还有一个律师,一个很风趣的人,他说:"为了你将来所有作品版税问题,你得让他成一个有名的律师,才有生活保障"。

大家都愿意这小朋友成为自己的同志,且因这个缘故,他们各个还向我解释过许多理由。为什么我的熟人都那么欢喜这小兵,当时我还不大明白,现在才清楚,那全是这小兵有一个迷人的外表。这小兵,确实是太体面一点了。我的自信,我的梦,也就全是为那个外表所骗而成的!

这小兵进步很快,一切都似乎比我预料的还顺利一点。我看到我的计划，在别人方面的成功，感到十分快乐。为了要出其不意使六弟大吃一惊，目前却不将消息告给六弟。为这小兵读书的原因，本来生活不大遵守秩序的我，也渐渐找出秩序来了。我对于生活本来没有趣味，为了他的进步，我像做父亲的人在佳子弟面前，也觉得生活还值得努力了。

每天我在我房中做事情，他也在他那间小房中做事情，到吃饭时就一同往隔壁一个外国妇人开的俄式茶馆吃牛肉汤同牛排。清早有时到××花园去玩，有时就在马路边走走。晚饭后应当休息一会儿时节，不是我为他说西北绥远包头的故事，就是说东北的故事。有时由他说，则他可以告我近年来随同六弟到各处剿匪的事情。他用一种诚实动人的湘西人土话，说到六弟的胆量。说到六弟的马。说到在什么河边滩上用盒子枪打匪，他如何伏在一堆石子后面。如何船上失了火，如何满河的红光。又说到在什么洞里，搜索残匪，用烟子熏洞，结果得到每只有三斤多重的白老鼠一共有十七只，这鼠皮近来还留在参谋家里。又说到名字叫作"三五八"的一个苗匪大王，如何勇敢重交情，不随意抢劫本乡人。凡事由这小兵说来，掺入他自己的观念，仿佛在这些故事的重述上，见到一个小小的灵魂，放着一种奇异的光。我在这类情形中，照例总是沉默到一种幽杳的思考里，什么话也没有可说。因这小朋友观念、感想、兴味的对照，我才觉得我已经像一个老人，再不能同他一个样子了。这小兵的人格，使我在反省中十分忧郁，我在他这种年龄时，除了逃学胡闹或和一些小流氓蹲在土地上掷骰子赌博以外，什么也不知道注意的。到后我便和他取了同样的步骤，在军队里做小兵，极荒唐的接近了人生。但我的放荡的积习，使我在作书记时，只有一件单汗衣，因为一洗以后即刻落下了行雨，到下楼吃饭时还没有干，不好意思赤膊到楼下去同副官们吃饭，就饿过一顿。如今这小兵，却俨然用不着人照料也能够站起来成一个人。因这小兵的人格，想起我的过去，以及为过去积习影响到的现在，我不免感觉到十分难过。

日子从容的过去，一会儿就有了一个月。小兵同我住在一处，一切都习惯了。有时我没有出门，要他到什么地方去看看信，也居然做得很好。有时数学教员不能来，他就自己到先生那里去。时间一久，有些性质在我先时看来，认为是太粗鲁了一点的，到后也都没有了。

有一天，我得到我的六弟由长沙寄来的一封信，信上说：

> 二哥，你的计划成功了没有？你的兴味还如先前那样浓厚没有？照我的猜想，你一定是早已觉得失败了。我同你说到过的，"几个月"你会觉得厌烦，你却说"几年"也不厌烦。我知道你这是一句激出的话。你从我的冷静里，看出我不相信你能始终其事，你样子是非常生气的。可是你到这时一定意见稍稍不同了。我说这个时，我知道，你为了骄傲，为了故意否认我的见解，你将仍然能够很耐烦的管教我们的小兵，一定不愿意你做的事失败。但是，明明白白这对你却是很苦的。如今已经快到两个月了，你实在已经够受了。当初小孩子的劣点以及不适宜于读书的根性，倘若当初是因为他那迷人的美使你原谅疏忽，到如今，他一定使你渐渐的讨厌了。
>
> 我希望你不要太麻烦自己。你莫同我争执，莫因拥护

你那做诗人的见解，在失败以后还不愿意认账。我知道你的脾气，因为我们为这件事讨论过一阵，所以你这时还不愿意把小兵送回来，也不告我关于你们的近状。可是我明白，你是要在这小子身上创造一种人格，你以为由于你的照料，由于你的教育，可以使他成一个好人。但是这是一种夸大的梦，永远无从实现的。你可以影响一些人，使一些人信仰你，服从你。这个我并不否认。但你并不能使那个小兵成好人。你同他在一处，在他是不相宜的，在你也极不相宜。我这时说这话也许仍然还早了一点，可是我比你懂那个小兵。他跟了我两年，我知道他是什么材料。他最好还是回来，明年我当送他到军官预备学校去。这小子顶好的运气，就是在军队中受一种最严格的训练，他才有用处，才有希望。

你不要以为我说的话近于武断，我其实毫无偏见。现在有个同事王营长到南京来，他一定还得到上海来看看你。你莫反对我这诚实的提议，还是把小兵交给那个王同事带回来。两个月来我知道你为他用了很多的钱，这是小事。最使我难过的，还是你在这个小兵身上，关于精神方面损失得很多，将来出了什么事，一定更有给你烦恼处。

你觉得自信并不因这一次事情的失败而减去，我同说一句笑话，你还是想法子结婚。自己的小孩，或者可以由自己意思改造，或者等我明年结婚后，有了小孩，半岁左右就送给你，由你来教养培植。我很相信你对小孩教育的认真，一定可以使小孩子健康和聪敏，但一个有了民族积习稍长一点的孩子，同你在一块，会发生许多纠纷！

六弟的信还是那种军人气度，总以为我是失败了，而在斗气情形下勉强同他的小兵过日子的。尤其他说到那个"民族"积习，使我很觉得不平。我很不舒服，所以还想若果姓王的过两天来找寻我时，我将不会见他。

过了三天，我同小兵出外到一个朋友家中去，看从法国寄回来的雕刻照片。返身时，二房东说有一个军官找我，坐了一会留下一个字条就走了。看那个字条，才知道来的就是姓王的，先是六弟只说同事王营长，如今才知道六弟这个同事，却是我十多年前的同学。我同他在本乡军士技术班做学生时，两个人成天从家中各扛了一根竹子，预备到学校去练习撑篙跳。我们两个人年纪都极小，每天穿灰衣着草鞋扛了两根竹子在街上乱撞，出城时，守城兵总开玩笑叫我们作小猴子，故意拦阻说是小孩子不许扛竹子进出，恐怕戳坏他人的眼睛。这王军官非常狡猾，就故意把竹子横到城门边，大声的嚷着，说是守城兵抢了他的撑篙跳的杆儿。想不到这人如今居然做营长了。

为了我还想去看看我这个同学，追问他撑篙跳进步了多少。还想问他，是不是还用得着一根腰带捆着身上，到沙里去翻筋斗。一面我还想带了小兵给他看看，等他回去见到六弟时，使六弟无话可说。故当天晚上，我们在大中华饭店见面了。

见到后一谈，我们提到那竹子的事情，王军官说：

"二爷，你那个本领如今倒精细许多了，你瞧你把一丈长的竹子，缩短到五寸，成天拿了他在纸上画，真亏你！"

我说："你那一根呢？"

他说："我的吗？也缩短了，可是缩短成两尺长的一支笛子。我近来倒很会吹笛子。"

我明白他说的意思。因为这人脸上瘦瘦白白的,我已猜到他是吃大烟了。我笑着装作不甚明白的神气:"吹笛子倒不坏,我们小时都只想偷道士的笛子吹,可是到手了也仍然发不成声音来。"

军官以为我愚骏,领会不到他所指的笛子是什么东西,就极其好笑:"不要说笛子吧,吹上了瘾真是讨厌的事!"

我说:"你难道会吃烟了吗?"

"这算奇怪的事吗?这有什么会不会?这个比我们俩在沙坑前跳三尺六容易多了。不过这些事倒是让人一着较好,所以我还在可有可无之间。好像唱戏的客串,算不得角色。"

"那么,我们那一班学撑篙跳的同学,都把那竹子截短了。"

"自然也有用不着这一手的,不过习惯实在不大好,许多拿笔的也拿'枪',无从编遣。"

说到这里我们记起了那个小兵了,他正站在窗边望街,王军官说:

"小鬼头,你样子真全变了,你参谋怕你在上海捣乱,累了二先生,要你跟我回去。你是想做博士,还是想做军官?"

小兵说:"我不回去。"

"你跟了二先生这么一点日子,就学斯文得没有用处了。你引我的三多到外面玩玩去。你一定懂得到'白相'了。你就引他到大马路白相去,不要生事。你找个小馆子,要三多请你喝一杯酒,他才得了许多钱。他想买靴子,你引他买去,可不要买像巡捕穿的。"

小兵听到王军官说的笑话,且说要他引带副兵三多到外面去玩，望着我只是笑，不好作什么回答。

王军官又说："你不愿同三多玩，是不是？你二先生现在到大学堂教书，还高兴同我玩，你以为你是学生，不能同我副兵在一起白相了吗？"

小兵见王军官好像生了气，故意拿话窘着他，不会如何分辩，脸上显得绯红。王军官便一手把他揪过去，"小鬼头，你穿得这样体面，人又这样标致，同我回去，我为你做媒讨个标致老婆，不要读书了吧。"

小兵益觉得不好意思，又想笑又有点怕，望着我想我帮帮他的忙，且听我如何吩咐，他就照样做去。

我见到我这个老同学爽利单纯，不好意思不让他陪勤务兵出去玩，我就说："你熟习不熟习买靴子的地方？"

他望了我半天，大约又明白我不许他出去，又记到我告过他不许说谎，所以到后才说："我知道。"

王军官说："既然知道，就陪三多去。你们是老朋友，同在一堆，你不要以为他的军服就辱没了你的身分。你骗不了我，你的样子倒像学生，你的心可不是学生。你莫以为我的勤务兵相貌蠢笨，三多是有将军的分的。你们就去吧，我同你二先生还要在这里谈谈话，回头三多指你喝酒，我就要二先生请我喝酒。……"

王军官接着就喊："三多，三多。"那副兵当我们来时到房中拿过烟茶后，似乎就正站立在门外边，细听我们的谈话。这时听到营长一叫，即刻就进来了。

这副兵真像一个将军，年纪似乎还不到十六岁，全身就结实得如成人。身体虽壮实却又非常矮短，穿的军服实在小了一点,皮带一束因此全身绷得紧紧的如一木桶,衣服同身体便仿佛永远在那里作战,在一种紧张情形中支持,随时随处身上的肉都会溢出来,衣服也会因弹性而飞去。这副兵样子虽痴,性情却十分好,他把话都听过了,一进来就笑嘻嘻的望着小兵。

王军官一见到自己勤务兵的痴样子,做出十分难受的神情:"三大人,我希望你相信我的忠告,少吃喝一点,少睡一点!你到外面去瞧瞧,你的肉快要炸开了。我要你去爬到那个洋秤上去过一下磅,看这半个月来又长了多少,你磅过没有?人家有福气的人肥得像猪,一定是先做官再发体。你的将军还没有得到,就预先发起胖来,将来怎么办?"

那勤务兵因为在我面前被上级开着玩笑,仿佛一个处女一样,十分腼腆害羞,说道:"我不知为什么总要胖。"

"沈参谋告你每天喝酸醋一碗,你试验过没有?"

那勤务兵说不出话来,低下头去,很有些地方像《西游记》上的猪八戒,在痴呆中见出妩媚。我忍不住要笑了,就拈了一支烟来,他见到时赶忙来刮自来火。我问他,是哪一个乡下的,今年有了多大岁数。他告我他是高枧的人,搬到城里住,今年还只十五岁。我又问他为什么那么胖,他十分害羞的告我说,是因为家中卖牛肉同酒,小小儿吃肉就发了膘。

王军官告三多可以跟着小兵去玩,我不好意思不让他们去,到后两人就出去了。

我同这个老同学谈了许多很有趣味的话,到后我就说:"营长,你刚才说的你的未来将军请我的未来学士喝酒,这里我就来做东,只看你欢喜吃什么口味。"

王军官说:"什么都欢喜,只是莫要我拿刀刀叉叉吃盘中的饭，那种洋罪我受不了。"

第二天我们早约定了要到王军官处去的。因为一去我怕我的"学士"又将为他的"将军"拖去，故告诉他，今天不要出去，就在家中读书，等一会儿一个杜先生同一个孙先生或许还要来。（这些朋友是以到我处看看小兵为快乐的。）我又告他，若是杜教授来了，他可以接待客人到他小房间里去，同客人玩玩。把话嘱咐过后，我就到大中华饭店找寻王军官去了。晚上我们又一同到一个电影院去消磨了两个钟头，那时已经快要十二点钟了。我很担心独自一个留在住处的小兵，或者还等候着我没有睡觉，所以就同王军官分了手，约好明天我送他上车过南京。回来时，我奇怪得很，怎么不见了小兵。我先以为或者是什么朋友把他带走看戏去了，问二房东有什么朋友来找我。二房东恰恰日里也没有在家，回来时也极晏。我又问到二房东家的用人，才知道下午有一个小大块头兵士来邀他出去，他们说的本乡话，她听不懂。出门时还是三点钟以前。我算定这兵士就是王军官处那个勤务兵三多，来邀他玩，他又不好推辞，一定是同到什么"大世界"热闹场所去玩，所以把回家的时间也忘却了。当时我就很生气，深悔昨天不应该带他到那里去，今天又不该不带他去。

我坐在房中等着，预备他回来时为他开门。一直等过了十二点还毫无消息。我以为他不是喝醉了酒，就一定是在外面闯了乱子，不敢回来，住到那将军住处去了。这些事我认为全是那个王军官的副兵勾引的，所以非常讨厌那个小胖子。我想此后可再不同这军官来往了，再玩一天我的学士就会学坏，使我为他所有一切的打算，都将成为泡影。

到十二点后他不回来，我有点疑心，就到他住身的亭子间去，看看是不是留得什么字条。看了一下，却发现了他那个箱子位置有点不同。蹲下去拖出箱子看看，他的军衣都不见了。我忽然明白他是做些什么事了，非常生气。跑回到我自己房中来，检查我的箱子同写字台的抽屉，什么东西都没有动过，一切秩序井然如旧，显然他是独自私逃走去的。我恐怕王军官那边还闹了乱子，拐失了什么东西，赶忙又到大中华饭店去。到时正见王军官生气骂茶房，见我来了才不作声，还以为我是来陪他过夜的，就说：

"来的好极了，我那将军这时还不回来，莫非被野鸡捉去了！"

我说："恐怕他逃了，你赶快清查一下箱子，有东西失落没有。"

"哪里有这事，他不会逃的。"

"我来告你，我的学士也不在家了！你的将军似乎下午三点钟时候，就到我住处邀他，两人一块儿走了！"

王军官一跳而起，拖出箱子一看，发现日前为太太兑换的金饰同钞票，全在那里，还有那支手枪，也搁在那里，不曾有人动过。他一面搜检其他一个为朋友们代买物件所置的皮箱，一面同我说："这小土匪，我看不出他会逃走！"看到另外一口箱子也没有什么东西失掉，王军官松了一大口气，向我摇着头说："不会逃走，不会逃走，一定是两人看戏散场太晚，恐怕责备不敢回来了。也会被野鸡拉去，上海野鸡这样多，我这营长到乡下的威风，来到这生地方为她们一拉也得头昏，何况我那个宝贝。我真为他担心。"

我摇头否认这种设想："恐怕不是这样，我那个学士，他把军服也带走了。"

王军官先还笑着，因为他见到自己重要东西没有失掉，所以总以为这两个人是被妓女扣留到那里过夜的，还笑说他的"将军"倒有福气。他听到我说是小兵军服也拿走了，才相信我的话，大声的辱骂着"杂种"，同时就打着哈哈大笑。他向我笑着说：

"你六弟说这小子心野得很，得把他带回去，只有他才管得住这小土匪，不至于多事，话有道理。我还没有和你好好的来商量，事情就发生了。想不到我那个'将军'居然也想逃走，你看他那副尊范，肚子里全是板油，也包有一颗野心。他们知道逃走也去不远，将来终有一天被人知道去的地方，所以不敢偷什么东西。……"

说到这里，这军官忽然又觉得这事一定另外还有蹊跷了。因为既然是逃走，一个钱不拐去，他们又到什么地方去了呢？若说别处地方有好事情干，那么两个宝贝又没有枪械，徒手奔去，会做出什么好事情？

他说："这个事我可不明白了！我不相信我那个'将军'，到另外一个地方去比他原来的生活还好！你瞧他那样子，是不是到别的地方去就可以补上一个大兵的名额？他除了河南人要把戏，可以派他站到帐幕边装傻子收票以外，没有一个去处是他合式的地方！真是奇怪的世界，这种傻瓜还要跳槽！"

我说："我也想过了，我那一位也不应当就这样走去的。我问你，你那'将军'他是不是欢喜唱戏？他若欢喜唱戏，那一定是被人骗走了。由他们看来，自然是做一个'名角'，也很值得冒一下险。"

王军官摇着头连说："绝对不会，绝对不会。"

我说："既不是去学戏，那真是古怪事情。我们应当赶即写几个航空信到各方面去，南京办事处，汉口办事处，长沙，宜昌，一定只有这几个地方可跑，我们一定可以访得出他们的消息。明天早上我们两人还可到车站上去看看，到轮船码头上去看看。"

"拉倒了吧，你不知道这些土匪的根基是这样的，你对他再好也无益处。不要理他们算了。这些小土匪，有许多天生是要在各种古怪境遇里长大成人的。有些鱼也是在逆水里浑水里才能长大。我们莫理他，还是好好睡觉吧。"

我这个老同学倒真是一个军人胸襟，这件事发生后，骂了一阵，说了一阵，到后不久依然就躺在沙发上呼呼睡着了。我是因为告他不能同谁共床，被他勒到床上睡的。想到这件事情的突然而至，而为我那个小兵估计到这事不幸的未来，又想到或者这小东西会为人谋杀或饿死到无人知道的什么隐僻地方去了。心中轮转着辘轳，听着王军官的鼾声，响四点钟后，我才稍稍的合了一下眼。

第二天八点，我们就到车站上去，到各个车上去寻找，看到两路快慢车开去后，又赶忙走到黄浦江边，向每一只本日开行的轮船上去探询。我们又买了好几份报纸，以为或者可以得到一点线索，结果自然什么也没有得到。

当天晚上十一点钟，那个王军官一个人上车过南京去了，我还送他到车上去。开车后，我出了车站，一个人极其无聊，想走到北四川路一个跳舞场去看看,是不是还可以见到个把熟人。因为我这时回去,一定又睡不着。我实在不愿意到我那住处去,我想明天就要另外搬一个家。我心上这时难受得很,似乎一个男子失恋以后的情形,心中空虚,无所依傍。从老靶子路一个人慢慢儿走到北四川路口,站了一会,见一辆电车从北驶来,心中打算不如就搭个车回去,说不定到了家里,那个小兵还在打盹等候着我回来!可是车已上了,这一路车过海宁路口时,虹口大旅社的街灯光明烛照,引起了我的注意,我临时又觉得不如在这旅馆住一夜,就即刻跳下了车。到虹口大旅社看了一个小小房间。茶房看见我是单身,以为我或者需要一个暗娼作陪,就来同我搭话。到后见我不要什么,只嘱咐他重新上一壶开水,又看到我抑郁不欢,或许猜我是来此打算自杀的人。我因为上一晚没有睡好,白天又各处奔走累了一天,当时倒下去就睡着了。

　　第二天大清早我回到住处,计划搬家的事。那个听差为我开门时,却告我小朋友已经回来了。我听到这个消息,心中说不分明的欢喜,一冲就到三楼房中去,没有见到他。又走过亭子间去,也仍然没有见到。又走到浴间去找寻,也没有人。那个听差跟在我身后上来,预备为我升炉子,他也好像十分诧异,说:

　　"又走了吗?"

　　我还以为他或因为害羞躲在床下,还向床下去看过一次。我急急促促的问他:"这是怎么回事,他甚么时候到这儿来?"

　　听差说:"昨天晚上来的,我还以为他在这里睡。"

　　我说:"他没说什么话吗?"

听差说："他问我你是甚么时候出去的。"

"没说别的了吗？"

"他说他饿了，饭还不曾吃，到后吃了一点东西，还是我为他买的。"

"一个人吗？"

"一个人。"

"样子有什么不同吗？"

听差好像不明白我问他这句话的意义，就笑着说："同平常一样长得好看，东家都说他像一个大少爷。"

我心里乱极了，把听差哄出房门，訇的把门一关，就用手抱着头倒在床上睡了。这事情越来越使我觉得奇怪，我为这迷离不可捉摸的问题，把思想弄成纷乱一团。我真想哭了。我真想殴打我自己。我又深深的悔恨自己，为甚么昨天晚上没有回来！我又悔恨昨天我们为了找寻这小兵，各处都到过了，为甚么不回到自己住处来看看！

使我十分奇怪的，是这小东西为甚么拿了衣服逃走又居然回来？若说不是逃走，那这时又到哪里去了呢？难道是这时又跑到大中华去找我们，等一会儿还回来吗？难道是见我不回来，所以又逃走了吗？难道是被那个"将军"所骗，所以逃回来，这时又被逼逃走了吗？

事情使我极其糊涂，我忽然想到他第二次回来一定有一种隐衷，一定很愿意见见我，所以等着我；到后大约是因为我不回来，这小兵心里害怕，所以又走去了。我想到各处找寻一下，看看是不是留得有什么信件，以及别的线索。把我房中各处都找到了，全没有发现什么。到后又到他所住的房里去，把他那些书本通通看过，把他房中一切都搜索到了，还是找不出一点证据。

因为昨天我以为这小兵逃走，一定是同王军官那个勤务兵在一处，故找寻时绝不疑心他到我那几个熟人方面去。此时想起他只是一个人回来，我心里又活动了一点，以为或者是他见我不回来，所以大清早走到我那些朋友处找我去了。我不能留在住处等候他，所以就留下了一个字条，并且嘱咐楼下听差，倘若是小兵回来时，叫他莫再出去，我不久就会回来的。我于是从第一个朋友家找到第二个朋友家。每到一处，当我说到他失踪时，他们都以为我是在说笑话。又见到我匆匆忙忙的问了就走，相信这是一个事实时，就又拦阻了我，必得我把情形说明，才许我脱身。我见到各处没有他的消息，又见到朋友们对这事的关心，还没有各处走到，已就心灰意懒，明白找寻也是空事了。先前一点点希望，看看又完全失败，走到教小兵数学的教授家去，他的太太还正预备给小朋友一支自来水笔，要教授今天下半天送到我住处去，我告他小兵已逃走了，这两夫妇当时惊诧失望的神气，我真永远忘不了。

各处绝望后，我回家时还想或者他会在火炉边等我，或者他会睡在我的床人，见我回来时就醒了。及至见到听差为我开门的样子，我就知道最后的希望也完了。我慢慢的走到楼上去，身体非常疲倦，也懒得要听差烧火，就想去睡睡。把被拉开，一个信封掉出来了。我像得到了救命的绳子一样，抓着那个信封，把它用力撕去一角。信上只写着这样一点点话：

二先生，我让这个信给你回来睡觉时见到。我同三多惹了祸，打死了一个人，三多被人打死在自来水管上。我走了。你莫管我，请你暂时莫同参谋说。你保佑我吧。"

为了我想明白这"将军"究竟因什么事被人打死在自来水管子上，自来水管又在什么地方，被他们打死的另外一个人，又是什么人，因此那一个冬天，我成天注意那些本埠新闻的死亡消息，凡是什么地方发现了一个无名尸首时，我总远远的跑去打听，但是还仍然毫无结果。只有一次，听到一个巡警被人打死的消息，算起日子来又完全不对。我还花了些钱，登过一个启事，告诉那个小兵说，不愿意回来，也可以回湖南去，我想来这启事他是不是看得到，还不可知。即使见到了，他或者还是不会回湖南去的。

我常常同那些不大相熟爱讲故事的人说笑话时，说我有一个故事，真像一个传奇，却不愿意写出。有些人传说我有一个希奇的恋爱，也就是指这件事而言的。有了这件事以后，我就再也不同我的六弟通信讨论问题了。我真是一个什么小事都不能理解的人，对于性格分析认识，你们好意夸奖我的，我都不愿意接受。因为我连一个十三四岁的小孩子，还为他那外表所迷惑，不能了解，怎么还好说懂这样那样。至于一个野蛮的灵魂，装在一个美丽盒子里，在我故乡是不是一件常有的事情，我还不大知道；我所知道的，是那些山同水，使地方草木虫蛇皆非常厉害。我的性格算是最无用的一种典型，可是同你们大都市里长大的读书人比较起来，你们已经觉得我太粗糙了。

1931 年 5 月 15 日完于新窄而霉斋
原载《小说月报》二十二卷十期

名师赏析

虎雏是作者对一个十三四岁的"小子"的称呼。这小子在六弟手下当勤务兵，外表温雅，口齿伶俐，讨人喜欢。作者就幻想着能够送他上学，将他培养成一个了不起的人物。他的"改造"最后以失败告终。这小子突然"失踪了"。

沈从文为什么要写这样一个故事呢？他是怎样评价这个小子的呢？故事的最后，他这样写道："至于一个野蛮的灵魂，装在一个美丽盒子里，在我故乡是不是一件常有的事情，我还不大知道；我所知道的，是那些山同水，使地方草木虫蛇皆非常厉害。我的性格算是最无用的一种典型，可是同你们大都市里长大的读书人比较起来，你们已经觉得我太粗糙了。"原来，他虽然为自己的实验失败而感到沮丧，但对这小子的表现却是充满了自豪感的。沈从文先生的笔下，像这样"野蛮"的湘西小子或男人，都是有血性的，是充满了生命的朝气的。

这就是沈从文先生将小说题目叫作"虎雏"的缘故。虎雏天生就有虎的性格，有虎的"野蛮的灵魂"，外表无论多么优雅玲珑，虎的心性也是改变不了的。

有人以为，《虎雏》表现了在当时国难深重的背景下，沈从文的忧国忧民。他的"改造"实验，是在探寻能否通过读书提升国民素质。至于这个问题，阅读的人可以有自己的思考和判断。如果结合他的散文《虎雏再遇记》来阅读，会更有意思。他将自己的二儿子取名"虎雏",或许能够说明他自己对虎雏真正的态度。

边　城（节选）

题记

  对于农人与兵士，怀了不可言说的温爱，这点感情在我一切作品中，随处都可以看出。我从不隐讳这点感情。我生长于作品中所写到的那类小乡城，我的祖父，父亲，以及兄弟，全列身军籍；死去的莫不在职务上死去，不死的也必然的将在职务上终其一生。就我所接触的世界一面，来叙述他们的爱憎与哀乐，即或这支笔如何笨拙，或尚不至于离题太远。因为他们是正直的，诚实的，生活有些方面极其伟大，有些方面又极其平凡，性情有些方面极其美丽，有些方面又极其琐碎——我动手写他们时，为了使其更有人性，更近人情，自然便老老实实的写下去。但因此一来，这作品或者便不免成为一种无益之业了。因为它对于在都市中生长教育的读书人说来，似乎相去太远了。他们的需要应当是另外一种作品，我知道的。

  照目前风气说来，文学理论家，批评家，及大多数读者，对于这种作品是极容易引起不愉快的感情的。前者表示"不落伍"，告给人中国不需要这类作品，后者"太担心落伍"，目前也不愿意读这类作品。这自然是真事。"落伍"是什么？一个有点理性的人，也许就永远无法明白，但多数人谁不害怕"落伍"？我有句话想说："我这本书不是为这种多数人而写的。"大凡念了三五本关于文学理论文学批评问题的洋装书籍，或同时还念过一大堆古典与近代世界名作的人，他们生活的经验，却常常不许可他们在"博学"之外，还知道一点点中国另外一个地方另外一种事情。因此这个作品即或与当前某种文学理论相符合，批评家便加以各种赞美，这种批评其实仍然不免成为作者的侮辱。他们既并不想明白这个民族真正的爱憎与哀乐，便无法说明这个作品的得失——这本书不是为他们而写的。至于文艺爱好者呢，或是大学生，或是中学生，分布于国内人口较密的都市中，常常很诚实天真的把一部分极可宝贵的时间，来阅读国内新近出版的文学书籍。他们为一些理论家，批评家，聪明出版家，以及习惯于说谎造谣的文坛消息家，同力协作造成一种习气所控制，所支配，他们的生活，同时又实在与这个作品所提到的世界相去太远了。他们不需要这种作品，这本书也就并不希望得到他们。理论家有各国出版物中的文学理论可以参证，不愁无话可说；批评家有他们欠了点儿小恩小怨的作家与作品，够他们去毁誉一世。大多数的读者，不问趣味如何，信仰如何，皆有作品可读。正因为关心读者大众；不是便有许多人，据说为读者大众，永远如陀螺在那里转变吗？这本书的出版，即或并不为领导多数的理论家与批评家所弃，被领导的多数读者又并不完全放弃它，但本书作者，却早已存心把这个"多数"放弃了。

我这本书只预备给一些"本身已离开了学校，或始终就无从接近学校，还认识些中国文字，置身于文学理论，文学批评,以及说谎造谣消息所达不到的那种职务上,在那个社会里生活,而且极关心全个民族在空间与时间下所有的好处与坏处"的人去看。他们真知道当前农村是什么,想知道过去农村有什么,他们必也愿意从这本书上同时还知道点世界一小角隅的农村与军人。我所写到的世界,即或在他们全然是一个陌生的世界,然而他们的宽容,他们向一本书去求取安慰与知识的热忱,却一定使他们能够把这本书很从容读下去的。我并不即此而止,还预备给他们一种对照的机会,将在另外一个作品里,来提到二十年来的内战,使一些首当其冲的农民,性格灵魂被大力所压,失去了原来的朴质,勤俭,和平,正直的型范以后,成了一个什么样子的新东西。他们受横征暴敛以及鸦片烟的毒害,变成了如何穷困与懒惰!我将把这个民族为历史所带走向一个不可知的命运中前进时,一些小人物在变动中的忧患,与由于营养不足所产生的"活下去"以及"怎样活下去"的观念和欲望,来作朴素的叙述。我的读者应是有理性,而这点理性便基于对中国现社会变动有所关心,认识这个民族的过去伟大处与目前堕落处,各在那里很寂寞的从事于民族复兴大业的人。这作品或者只能给他们一点怀古的幽情,或者只能给他们一次苦笑,或者又将给他们一个噩梦,但同时说不定,也许尚能给他们一种勇气同信心!

二十三年四月二十四日记
1934年4月25日天津
《大公报·文艺副刊》第六十一期

新题记

　　民十随部队入川，由茶峒过路，住宿二日，曾从有马粪城门口至城中二次，驻防一小庙中，至河街小船上玩数次。开拔日微雨，约四里始过渡，闻杜鹃极悲哀。是日翻上棉花坡，约高上二十五里，半路见路劫致死者数人。山顶堡砦已焚毁多日。民二十二至青岛崂山北九水路上，见村中有死者家人"报庙"行列，一小女孩奉灵幡引路。因与兆和约，将写一故事引入所见。九月至平结婚，即在达子营住处小院中，用小方桌在树荫下写第一章。在《国闻周报》发表。入冬返湘看望母亲，来回四十天，在家乡三天，回到北平续写。二十三年母亲死去，书出版时心中充满悲伤。二十年来生者多已成尘成土，死者在生人记忆中亦淡如烟雾，唯书中人与个人生命成一希奇结合，俨若可以不死，其实作品能不死，当为其中有几个人在个人生命中影响，和几种印象在个人生命中影响。

从文
卅七年北平

一

　　由四川过湖南去，靠东有一条官路。这官路将近湘西边境到了一个地方名为"茶峒"的小山城时，有一小溪，溪边有座白色小塔，塔下住了一户单独的人家。这人家只一个老人，一

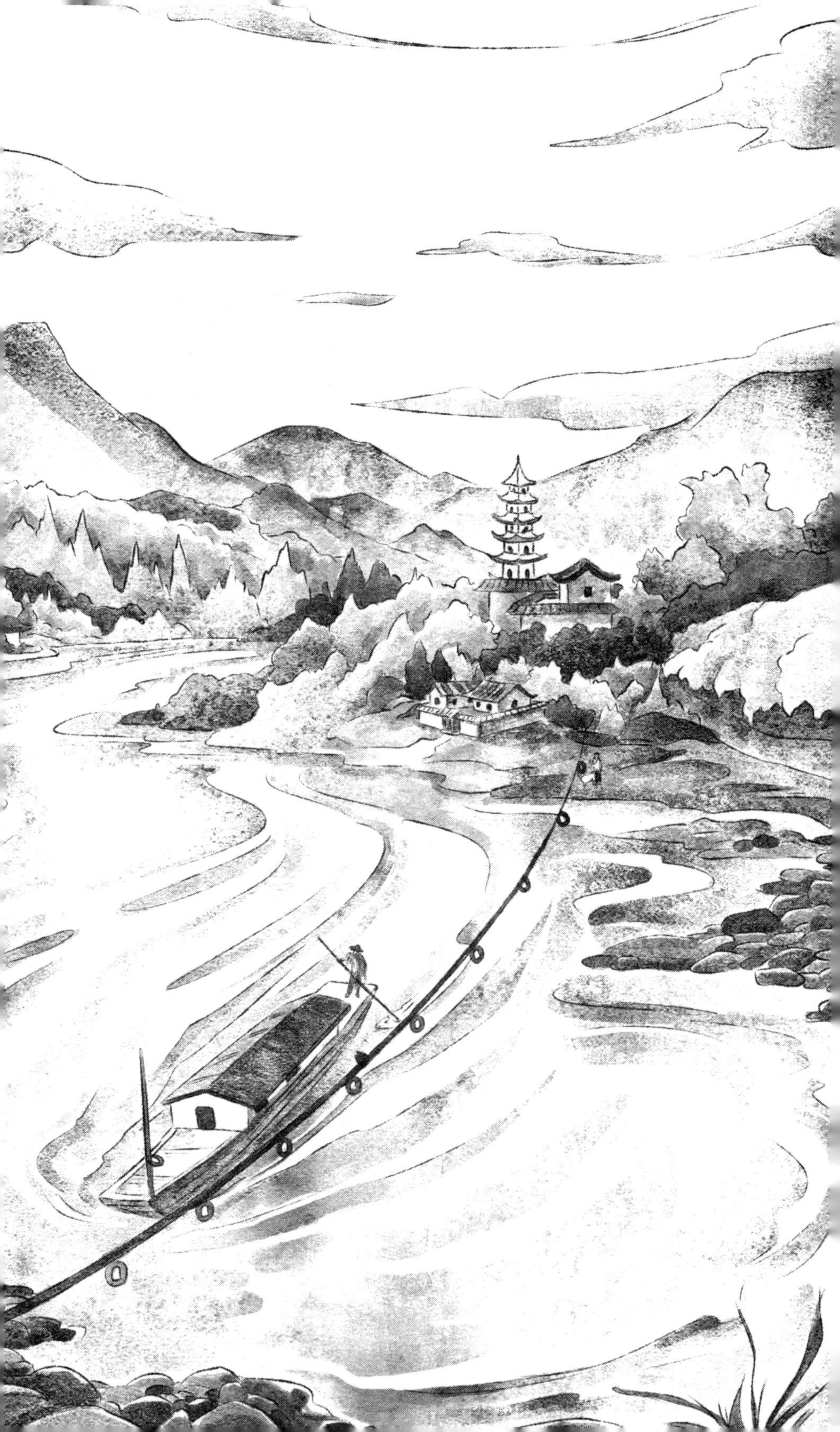

个女孩子,一只黄狗。

　　小溪流下去,绕山岨流,约三里便汇入茶峒大河。人若过溪越小山走去,则只一里路就到了茶峒城边。溪流如弓背,山路如弓弦,故远近有了小小差异。小溪宽约廿丈,河床为大片石头作成。静静的河水即或深到一篙不能落底,却依然清澈透明,河中游鱼来去皆可以计数。小溪既为川湘来往孔道,限于财力不能搭桥,就安排了一只方头渡船。这渡船一次连人带马,约可以载二十位搭客过河,人数多时则反复来去。渡船头竖了一枝小小竹竿,挂着一个可以活动的铁环,溪岸两端水面横牵了一段废缆,有人过渡时,把铁环挂在废缆上,船上人就引手攀缘那条缆索,慢慢的牵船过对岸去。船将拢岸时,管理这渡船的,一面口中嚷着"慢点慢点",自己霍的跃上了岸,拉着铁环,于是人货牛马全上了岸,翻过小山不见了。渡头为公家所有,故过渡人不必出钱。有人心中不安,抓了一把钱掷到船板上时,管渡船的必为一一拾起,依然塞到那人手心里去,俨然吵嘴时的认真神气:"我有了口粮,三斗米,七百钱,够了。谁要这个!"

　　但不成,凡事求个心安理得,出气力不受酬谁好意思,不管如何还是有人要把钱的。管船人却情不过,也为了心安起见,便把这些钱托人到茶峒去买茶叶和草烟,将茶峒出产的上等草烟,一扎一扎挂在自己腰带边,过渡的谁需要这东西必慷慨奉赠。有时从神气上估计那远路人对于身边草烟引起了相当的注意时,这弄渡船的便把一小束草烟扎到那人包袱上去,一面说:"大哥,不吸这个吗?这好的,这妙的,看样子不成材,巴掌大叶子,味道蛮好,送人也很合式!"茶叶则在六月里放进大缸里去，用开水泡好，给过路人随意解渴。

管理这渡船的，就是住在塔下的那个老人。活了七十年，从二十岁起便守在这小溪边，五十年来不知把船来去渡了若干人。年纪虽那么老了，骨头硬硬的，本来应当休息了，但天不许他休息，他仿佛便不能够同这一分生活离开。他从不思索自己职务对于本人的意义，只是静静的很忠实的在那里活下去。代替了天，使他在日头升起时，感到生活的力量，当日头落下时，又不至于思量与日头同时死去的，是那个伴在他身旁的女孩子。他唯一的朋友是一只渡船和一只黄狗，唯一的亲人便只那个女孩子。

女孩子的母亲，老船夫的独生女，十五年前同一个茶峒军人唱歌相熟后，很秘密的背着那忠厚爸爸发生了暧昧关系。有了小孩子后，这屯戍兵士便想约了她一同向下游逃去。但从逃走的行为上看来，一个违悖了军人的责任，一个却必得离开孤独的父亲。经过一番考虑后，屯戍兵见她无远走勇气，自己也不便毁去作军人的名誉，就心想：一同去生既无法聚首，一同去死应当无人可以阻拦，首先服了毒。女的却关心腹中的一块肉，不忍心，拿不出主张。事情业已为作渡船夫的父亲知道，父亲却不加上一个有分量的字眼儿，只作为并不听到过这事情一样，仍然把日子很平静的过下去。女儿一面怀了羞惭，一面却怀了怜悯，依旧守在父亲身边。待到腹中小孩生下后，却到溪边故意吃了许多冷水死去了。在一种奇迹中，这遗孤居然已长大成人，一转眼间便十三岁了。为了住处两山多篁竹，翠色逼人而来，老船夫随便给这个可怜的孤雏拾取了一个近身的名字，叫作"翠翠"。

翠翠在风日里长养着,故把皮肤变得黑黑的,触目为青山绿水,故眸子清明如水晶。自然既长养她且教育她,为人天真活泼,处处俨然如一只小兽物。人又那么乖,如山头黄麂一样,从不想到残忍事情,从不发愁,从不动气。平时在渡船上遇陌生人对她有所注意时,便把光光的眼睛瞅着那陌生人,作成随时皆可举步逃入深山的神气,但明白了面前的人无机心后,就又从从容容的在水边玩耍了。

　　老船夫不论晴雨,必守在船头。有人过渡时,便略弯着腰,两手缘引了竹缆,把船横渡过小溪。有时疲倦了,躺在临溪大石上睡着了,人在隔岸招手喊过渡,翠翠不让祖父起身,就跳下船去,很敏捷的替祖父把路人渡过溪,一切皆溜刷在行,从不误事。有时又与祖父黄狗一同在船上,过渡时与祖父一同动手牵缆索。船将近岸边,祖父正向客人招呼"慢点,慢点"时,那只黄狗便口衔绳子,最先一跃而上,且俨然懂得如何方为尽职似的,把船绳紧衔着拖船拢岸。

　　风日清和的天气,无人过渡,镇日长闲,祖父同翠翠便坐在门前大岩石上晒太阳。或把一段木头从高处向水中抛去,嗾使身边黄狗从岩石高处跃下,把木头衔回来。或翠翠与黄狗皆张着耳朵,听祖父说些城中多年以前的战争故事。或祖父同翠翠两人,各把小竹作成的竖笛,逗在嘴边吹着迎亲送女的曲子。过渡人来了,老船夫放下了竹管,独自跟到船边去,横溪渡人,在岩上的一个,见船开动时,于是锐声喊着:

　　"爷爷,爷爷,你听我吹——你唱!"

　　爷爷到溪中央便很快乐的唱起来,哑哑的声音同竹管声,振荡在寂静空气里,溪中仿佛也热闹了些。实则歌声的来复,反而使一切更寂静。

有时过渡的是从川东过茶峒的小牛，是羊群，是新娘子的花轿，翠翠必争着作渡船夫，站在船头，懒懒的攀引缆索，让船缓缓的过去。牛羊花轿上岸后，翠翠必跟着走，送队伍上山，站到小山头，目送这些东西走去很远了，方回转船上，把船牵靠近家的岸边。且独自低低的学小羊叫着，学母牛叫着，或采一把野花缚在头上，独自装扮新娘子。

茶峒山城只隔渡头一里路，买油买盐时，逢年过节祖父得喝一杯酒时，祖父不上城，黄狗就伴同翠翠入城里去备办东西。到了卖杂货的铺子里，有大把的粉条，大缸的白糖，有炮仗，有红蜡烛，莫不给翠翠一种很深的印象，回到祖父身边，总把这些东西说个半天。那里河边还有许多船，比起渡船来全大得多，有趣味得多，翠翠也不容易忘记。

二

茶峒地方凭水依山筑城，近山一面，城墙俨然如一条长蛇，缘山爬去。临水一面则在城外河边留出余地设码头，湾泊小小篷船。船下行时运桐油、青盐、染色的五倍子。上行则运棉花棉纱以及布匹杂货同海味。贯串各个码头有一条河街，人家房子多一半着陆，一半在水，因为余地有限，那些房子莫不设有吊脚楼。河中涨了春水，到水脚逐渐进街后，河街上人家，便各用长长的梯子，一端搭在自家屋檐口，一端搭在城墙上，人人皆骂着嚷着，带了包袱、铺盖、米缸，从梯子上进城里去，等待水退时，方又从城门口出城。某一年水若来得特别猛一些，沿河吊脚楼，必有一处两处为大水冲去，大家皆在城上头呆望。受损失的也同样呆望着，对于所受的损失仿佛无话可说，与在自然安排下，眼见其他无可挽救的不幸来时相似。涨水时在城上还可望着骤然展宽的河面，流水浩浩荡荡，随同山水从上流浮沉而来的有房子、牛、羊、大树。于是在水势较缓处，税关趸船前面，便常常有人驾了小舢板，一见河心浮沉而来的是一匹牲畜，一段小木，或一只空船，船上有一个妇人或一个小孩哭喊的声音，便急急的把船桨去，在下游一些迎着了那个目的物，把它用长绳系定，再向岸边桨去。这些勇敢的人，也爱利，也仗义，同一般当地人相似。不拘救人救物，却同样在一种愉快冒险行为中，做得十分敏捷勇敢，使人见及不能不为之喝彩。

那条河水便是历史上知名的酉水，新名字叫作白河。白河到辰州与沅水汇流后，便略显浑浊，有出山泉水的意思。若溯流而上，则三丈五丈的深潭皆清澈见底。深潭中为白日所映照，河底小小白石子，有花纹的玛瑙石子，全看得明明白白。水中游鱼来去，皆如浮在空气里。两岸多高山，山中多可以造纸的细竹，长年作深翠颜色，迫人眼目。近水人家多在桃杏花里，春天时只需注意，凡有桃花处必有人家，凡有人家处必可沽酒。夏天则晒晾在日光下耀目的紫花布衣袴，可以作为人家所在的旗帜。秋冬来时，人家房屋在悬崖上的，滨水的，无不朗然入目。黄泥的墙，乌黑的瓦，位置却永远那么妥帖，且与四围环境极其调和，使人迎面得到的印象，实在非常愉快。一个对于诗歌图画稍有兴味的旅客，在这小河中，蜷伏于一只小船上，作三十天的旅行，必不至于感到厌烦。正因为处处有奇迹，自然的大胆处与精巧处，无一地无一时不使人神往倾心。

白河的源流，从四川边境而来，从白河上行的小船，春水发时可以直达川属的秀山。但属于湖南境界的，茶峒算是最后一个水码头。这条河水的河面，在茶峒时虽宽约半里，当秋冬之际水落时，河床流水处还不到二十丈，其余只是一滩青石。小船到此后，既无从上行，故凡川东的进出口货物，皆从这地方落水起岸。出口货物俱由脚夫用桑木扁担压在肩膊上挑抬而来，入口货物莫不从这地方成束成担的用人力搬去。

这地方城中只驻扎一营由昔年绿营屯丁改编而成的戍兵，及五百家左右的住户。（这些住户中，除了一部分拥有了些山田同油坊，或放账屯油、屯米、屯棉纱的小资本家外，其余多数皆为当年屯戍来此有军籍的人家。）地方还有个厘金局，办事机关在城外河街下面小庙里，局长则长住城中。一营兵士驻扎老参将衙门，除了号兵每天上城吹号玩，使人知道这里还驻有军队以外，兵士皆仿佛并不存在。冬天的白日里，到城里去，便只见各处人家门前皆晾晒有衣服同青菜。红薯多带藤悬挂在屋檐下。用棕衣作成的口袋，装满了栗子、榛子和其他硬壳果，也多悬挂在檐口下。屋角隅各处有大小鸡叫着玩着。间或有什么男子，占据在自己屋前门限上锯木，或用斧头劈树，把劈好的柴堆到敞坪里去如一座一座宝塔。又或可以见到几个中年妇人，穿了浆洗得极硬的蓝布衣裳，胸前挂有白布扣花围裙，躬着腰在日光下一面说话一面作事。一切总永远那么静寂，所有人民每个日子皆在这种不可形容的单纯寂寞里过去。一分安静增加了人对于"人事"的思索力，增加了梦。在这小城中生存的，各人自然也一定皆各在分定一份日子里，怀了对于人事爱憎必然的期待。但这些人想些什么？谁知道。住在城中较高处，门前一站便可以眺望对河以及河中的景致，船来时，远远的就从对河滩上看着无数纤夫。那些纤夫也有从下游地方，带了细点心洋糖之类，拢岸时却拿进城中来换钱的。船来时，小孩子的想象，应当在那些拉船人一方面。大人呢，孵一窠小鸡，养两只猪，托下行船夫打副金耳环，带两丈官青布，或一坛好酱油，一个双料的美孚灯罩回来，便占去了大部分作主妇的心了。

　　这小城里虽那么安静和平，但地方既为川东商业交易接头处，故城外小小河街，情形却不同了一点。也有商人落脚的客店，坐镇不动的理发馆。此外饭店、杂货铺、油行、盐栈、花衣庄，莫不各有一种地位，装点了这条河街。还有卖船上檀木活车、竹缆与锅罐铺子，介绍水手职业吃码头饭的人家。小饭店门前长案上，常有煎得焦黄的鲤鱼豆腐，身上装饰了红辣椒丝，卧在浅口钵头里。钵旁大竹筒中插着大把朱红筷子，不拘谁个愿意花点钱，这人就可以傍了门前长案坐下来，抽出一双筷子捏到手上，那边一个眉毛扯得极细脸上擦了白粉的妇人，就走过来问："大哥，副爷，要甜酒？要烧酒？"男子火焰高一点的，谐趣的，对内掌柜有点意思的，必故意装成生气似的说："吃甜酒？又不是小孩子，还问人吃甜酒！"那么，酽洌的烧酒，从大瓮里用木滤子舀出，倒进土碗里，即刻就来到身边案桌上了。这烧酒自然是浓而且香的，能醉倒一个汉子的，所以照例也不会多吃。杂货铺卖美孚油，及点美孚油的洋灯与香烛纸张。油行屯桐油。盐栈堆四川火井出的青盐。花衣庄则有白棉纱、大布、棉花以及包头的黑绉绸出卖。卖船上用物的，百物罗列，无所不备，且间或有重至百斤以外的铁锚，搁在门外路旁，等候主顾问价的。专以介绍水手为事业，吃水码头饭的，在河街的家中，终日大门必敞开着，常有穿青羽缎马褂的船主与毛手毛脚的水手进出，地方像茶馆却不卖茶，不是烟馆又可以抽烟。来到这里的，虽说所谈的是船上生意经，然而船只的上下，划船拉纤人大都有个一定规矩，不必作数目上的讨论。他们来到这里大多数倒是在"联欢"。以"龙头管事"作中心，谈论点本地时事、两省商务上情形，以及下游的"新闻"。邀会的，集款时大多数皆在此地；扒骰子看点数多少轮作会首时，也常常在此举行。真真成为他们生意经的，有两件事：买卖船只，买卖媳妇。

　　大都市随了商务发达而产生的某种寄食者，因为商人的需要，水手的需要，这小小边城的河街，也居然有那么一群人，聚集在一些有吊脚楼的人家。这种小妇人不是从附近乡下弄来，便是随同川军来湘流落后的妇人。穿了假洋绸的衣服，印花标布的裤子，把眉毛扯得成一条细线，大大的发髻上敷了香味极浓俗的油类。白日里无事，就坐在门口小凳子上做鞋子，在鞋尖上用红绿丝线挑绣双凤，一面看过往行人，消磨长日。或靠在临河窗口上看水手起货，听水手爬桅子唱歌。到了晚间，却轮流的接待商人同水手，切切实实尽一个妓女应尽的义务。

　　由于边地的风俗淳朴，便是作妓女，也永远那么浑厚，遇不相熟的主顾，做生意时得先交钱，数目弄清楚后，再关门撒野。人既相熟后，钱便在可有可无之间了。妓女多靠四川商人维持生活，但恩情所结，却多在水手方面。感情好的，别离时互相咬着嘴唇咬着颈脖发了誓，约好了"分手后各人皆不许胡闹"；四十天或五十天，在船上浮着的那一个，同在岸上蹲着的这一个，便皆呆着打发这一堆日子，尽把自己的心紧紧缚定远远的一个人。尤其是妇人，情感真挚痴到无可形容，男子过了约定时间不回来，做梦时，就总常常梦船拢了岸，那一个人摇摇荡荡的从船跳板到了岸上，直向身边跑来。或日中有了疑心，则梦里必见那个男子在桅子上向另一方面唱歌，却不理会自己。性格弱一点儿的，接着就在梦里投河吞鸦片烟，性格强一点儿的，便手执菜刀，直向那水手奔去。他们生活虽那么同一般社会疏远，但是眼泪与欢乐，在一种爱憎得失间，揉进了这些人生活里时，也便同另外一片土地另外一些人相似，全个身心为那点爱憎所浸透，见寒作热，忘了一切。若有多少不同处，不过是这些人更真切一点，也更于糊涂一点罢了。短期的包定，长期的嫁娶，一时间的关门，这些关于一个女人身体上的交易，由于民情的淳朴，身当其事的不觉得如何下流可耻，旁观者也就从不用读书人的观念，加以指摘与轻视。这些人既重义轻利，又能守信自约，即便是娼妓，也常常较之知羞耻的城市中人还更可信任。

掌水码头的名叫顺顺，一个前清时便在营伍中混过日子来的人物，革命时在著名的陆军四十九标做个什长。同样做什长的，有因革命成了伟人名人的，有杀头碎尸的，他却带着少年喜事得来的脚疯痛，回到了家乡，把所积蓄的一点钱，买了一条六桨白木船，租给一个穷船主，代人装货在茶峒与辰州之间来往。气运好，半年之内船不坏事，于是他从所赚的钱上，又讨了一个略有产业的白脸黑发小寡妇。因此一来，数年后，在这条河上，他就有了八只船，一个妻子，两个儿子了。

但这个大方洒脱的人，事业虽十分顺手，却因欢喜交朋结友，慷慨而又能济人之急，便不能同贩油商人一样大大发作起来。自己既在粮子里混过日子，明白出门人的甘苦，理解失意人的心情，故凡船只失事破产的船家，过路的退伍兵士，游学文墨人，凡到了这个地方，闻名求助的，莫不尽力帮助。一面从水上赚来钱，一面就这样洒脱散去。这人虽然脚上有点小毛病，还能泅水；走路难得其平，为人却那么公正无私。水面上各事原本极其简单，一切都为一个习惯所支配，谁个船碰了头，谁个船妨害了别一人别一只船的利益，照例有习惯方法来解决。惟运用这种习惯规矩排调一切的，必需一个高年硕德的中心人物。某年秋天，那原来执事的人死去了，顺顺作了这样一个代替者。那时他还只五十岁，为人既明事明理，正直和平，又不爱财，故无人对他年龄怀疑。

到如今，他的儿子大的已十六岁，小的已十四岁。两个年青人皆结实如小公牛，能驾船，能泅水，能走长路。凡从小乡城里出身的年青人所能够作的事，他们无一不作，作去无一不精。年纪较长的，性情如他们爸爸一样，豪放豁达，不拘常套小节。年幼的则气质近于那个白脸黑发的母亲，不爱说话，眼眉却秀拔出群，一望即知其为人聪明而又富于感情。

两兄弟既年已长大，必需在各一种生活上来训练他们的人格，作父亲的就轮流派遣两个小孩子各处旅行。向下行船时，多随了自己的船只充伙计，甘苦与人相共。荡桨时选最重的一把，背纤时拉头纤二纤，吃的是干鱼、辣子、臭酸菜。睡的是硬邦邦的舱板。向上行从旱路走去，则跟了川东客货，过秀山、龙潭、酉阳作生意，不论寒暑雨雪，必穿了草鞋按站赶路。且佩了短刀，遇不得已必需动手，便霍的把刀抽出，站到空阔处去，等候对面的一个，继着就同这个人用肉搏来解决。帮里的风气，既为"对付仇敌必需用刀，联结朋友也必需用刀"，故需要刀时，他们也就从不让它失去那点机会。学贸易，学应酬，学习到一个新地方去生活，且学习用刀保护身体同名誉，教育的目的，似乎在使两个孩子学得做人的勇气与义气。一分教育的结果，弄得两个人皆结实如老虎，却又和气亲人，不骄惰，不浮华，不依势凌人。故父子三人在茶峒边境上为人所提及时，人人对这个名姓无不加以一种尊敬。

作父亲的当两个儿子很小时，就明白大儿子一切与自己相似，却稍稍见得溺爱那第二个儿子。由于这点不自觉的私心，他把长子取名天保，次子取名傩送。天保佑的在人事上或不免有龃龉处，至于傩神所送来的，照当地习气，人便不能稍加轻视了。傩送美丽得很。茶峒船家人拙于赞扬这种美丽，只知道为他取出一个诨名为"岳云"。虽无什么人亲眼看到过岳云，一般的印象，却从戏台上小生岳云，得来一个相近的神气。

三

两省接壤处，十余年来主持地方军事的，注重在安辑保守，处置极其得法，并无变故发生。水陆商务既不至于受战争停顿，也不至于为土匪影响，一切莫不极有秩序，人民也莫不安分乐生。这些人，除了家中死了牛，翻了船，或发生别的死亡大变，为一种不幸所绊倒，觉得十分伤心外，中国其他地方正在如何不幸挣扎中的情形，似乎就永远不曾为这边城人民所感到。

边城所在一年中最热闹的日子,是端午、中秋与过年。三个节日过去三五十年前,如何兴奋了这地方人,直到现在,还毫无什么变化,仍是那地方居民最有意义的几个日子。

端午日,当地妇女小孩子,莫不穿了新衣,额角上用雄黄蘸酒画了个王字。任何人家到了这天必可以吃鱼吃肉。大约上午十一点钟左右,全茶峒人就吃了午饭,把饭吃过后,在城里住家的,莫不倒锁了门,全家出城到河边看划船。河街有熟人的,可到河街吊脚楼门口边看,不然就站在税关门口与各个码头上看。河中龙船以长潭某处作起点,税关前作终点作比赛竞争。因为这一天军官、税官以及当地有身分的人,莫不在税关前看热闹。划船的事各人在数天以前就早有了准备,分组分帮,各自选出了若干身体结实手脚伶俐的小伙子,在潭中练习进退。船只的形式,与平常木船大不相同,形体一律又长又狭,两头高高翘起,船身绘着朱红颜色长线,平常时节多搁在河边干燥洞穴里,要用它时,拖下水去。每只船可坐十二个到十八个桨手,一个带头的,一个鼓手,一个锣手。桨手每人持一支短桨,随了鼓声缓促为节拍,把船向前划去。带头的坐在船头上,头上缠裹着红布包头,手上拿两只小令旗,左右挥动,指挥船只的进退。擂鼓打锣的,多坐在船只的中部,船一划动便即刻蓬蓬铛铛把锣鼓很单纯的敲打起来,为划桨水手调理下桨节拍。一船快慢既不得不靠鼓声,故每当两船竞赛到剧烈时,鼓声如雷鸣,加上两岸人呐喊助威,便使人想起小说故事上梁红玉老鹳河时水战擂鼓。牛皋水擒杨幺时也是水战擂鼓。凡把船划到前面一点的,必可在税关前领赏。一匹红,一块小银牌,不拘缠挂到船上某一个人头上去，皆显出这一船合作的光荣。好事的军人，且当每次某一只船胜利时，必在水边放些表示胜利庆祝的五百响鞭炮。

赛船过后，城中的戍军长官，为了与民同乐，增加这个节日的愉快起见，便把绿头长颈大雄鸭，颈脖上缚了红布条子，放入河中，尽善于泅水的军民人等，下水追赶鸭子。不拘谁把鸭子捉到，谁就成为这鸭子的主人。于是长潭换了新的花样，水面各处是鸭子，同时各处有追赶鸭子的人。

船与船的竞赛，人与鸭子的竞赛，直到天晚方能完事。

掌水码头的龙头大哥顺顺，年青的时节便是一个泅水的高手，入水中去追逐鸭子，在任何情形下总不落空。但一到次子傩送年过十岁时，已能入水闭气氽着到鸭子身边，再忽然冒水而出，把鸭子捉到，这作爸爸的便解嘲似的向孩子们说："好，这种事你们来作，我不必再下水了。"于是当真就不下水与人来竞争捉鸭子。但下水救人呢，当作别论。凡帮助人远离患难，便是入火，人到八十岁，也还是成为这个人一种不可逃避的责任！

天保傩送两人皆是当地泅水划船的好选手。

端午节快来了，初五划船，河街上初一开会，就决定了属于河街的那只船当天入水。天保恰好在那天应向上行，随了陆路商人过川东龙潭送节货，故参加的就只傩送。十六个结实如牛犊的小伙子，带了香、烛、鞭炮，同一个用生牛皮蒙好绘有朱红太极图的高脚鼓，到了搁船的河上游山洞边，烧了香烛，把船拖入水后，各人上了船，燃着鞭炮，擂着鼓，这船便如一枝箭似的，很迅速的向下游长潭射去。

那时节还是上午,到了午后,对河渔人的龙船也下了水,两只龙船就开始预习种种竞赛的方法。水面上第一次听到了鼓声,许多人从这鼓声中,感到了节日临近的欢悦。住临河吊脚楼对远方人有所等待的,有所盼望的,也莫不因鼓声想到远人。在这个节日里,必然有许多船只可以赶回,也有许多船只只合在半路过节,这之间,便有些眼目所难见的人事哀乐,在这小山城河街间,让一些人嬉喜,也让一些人皱眉。

蓬蓬鼓声掠水越山到了渡船头那里时,最先注意到的是那只黄狗。那黄狗汪汪的吠着,受了惊似的绕屋乱走;有人过渡时,便随船渡过东岸去,且跑到那小山头向城里一方面大吠。

翠翠正坐在门外大石上用棕叶编蚱蜢蜈蚣玩,见黄狗先在太阳下睡着,忽然醒来便发疯似的乱跑,过了河又回来,就问它骂它:

"狗,狗,你做什么!不许这样子!"

可是一会儿,那声音被她发现了,她于是也绕屋跑着,且同黄狗一块儿渡过了小溪,站在小山头听了许久,让那点迷人的鼓声,把自己带到一个过去的节日里去。

……

1934 年 4 月 19 日完成
原载《国闻周报》十一卷一至四期,十至十六期

名师赏析

  只要读过《边城》的人，一提到湘西，就会联想到美丽淳朴的"翠翠"。湘西美丽的风景和淳朴的风俗人情，就是因为《边城》而出名的，就是因为《边城》里的"翠翠"而深入人心的。

  沈从文用大量的笔墨来描写湘西的山，湘西的水，湘西的街，湘西的水码头，湘西的房子，让读者觉得无一处不是自然精巧，"无一处不使人神往倾心"。一方水土养一方人，湘西的山水滋养着的，湘西的街道上行走着的，湘西的水码头上忙碌着的，湘西的房子里生活着的，都是像天保、傩送那样真性情的汉子，都是像翠翠那样淳朴明慧的姑娘。

  这是一部小说，也是一篇精美的散文，还是一首真挚的抒情诗。这样的文字和故事，适合在映着绿意的窗边静静地阅读，静静地品味。虽然故事的结局是令人悲伤的，但并不叫人绝望。相反，因为故事中人物的淳朴善良，让读者心中不知不觉蓄满了真诚的祝福和希望。

第二辑

散文精选

遥 夜

一

我似乎不能上这高而危的石桥,不知是哪一个长辈曾像用嘴巴贴着我耳朵这样说过:"爬得高,跌得重!"究竟这句话出自什么地方,我实不知道。

石桥美丽极了。我不曾看过大理石,但这时我一望便知道除了大理石以外再没有什么石头可以造成这样一座又高大、又庄严、又美丽的桥了!这桥搭在一条深而窄的溪涧上,桥两头都有许多石磴子;上去的那一边石磴是平斜好走的,下去的那边却陡峻笔直。我不知不觉就上到桥顶了。我很小心的扶着那用黑色明角质做成的空花栏杆向下望,啊,可不把我吓死了!三十丈,也许还不止。下面溪水大概涸了,看着有无数用为筑桥剩下的大而笨的白色石块,懒懒散散睡了一溪沟。石罅里,小而活泼的细流在那里跳舞一般的走着唱着。

我又仰了头去望空中,天是蓝的,蓝得怕人!真怪事!为甚这样蓝色天空会跳出许许多多同小电灯一样的五色小星星来?它们满天跑着,我眼睛被它光芒闪花了。

这是什么世界呢?这地方莫非就是通常人们说的天宫一

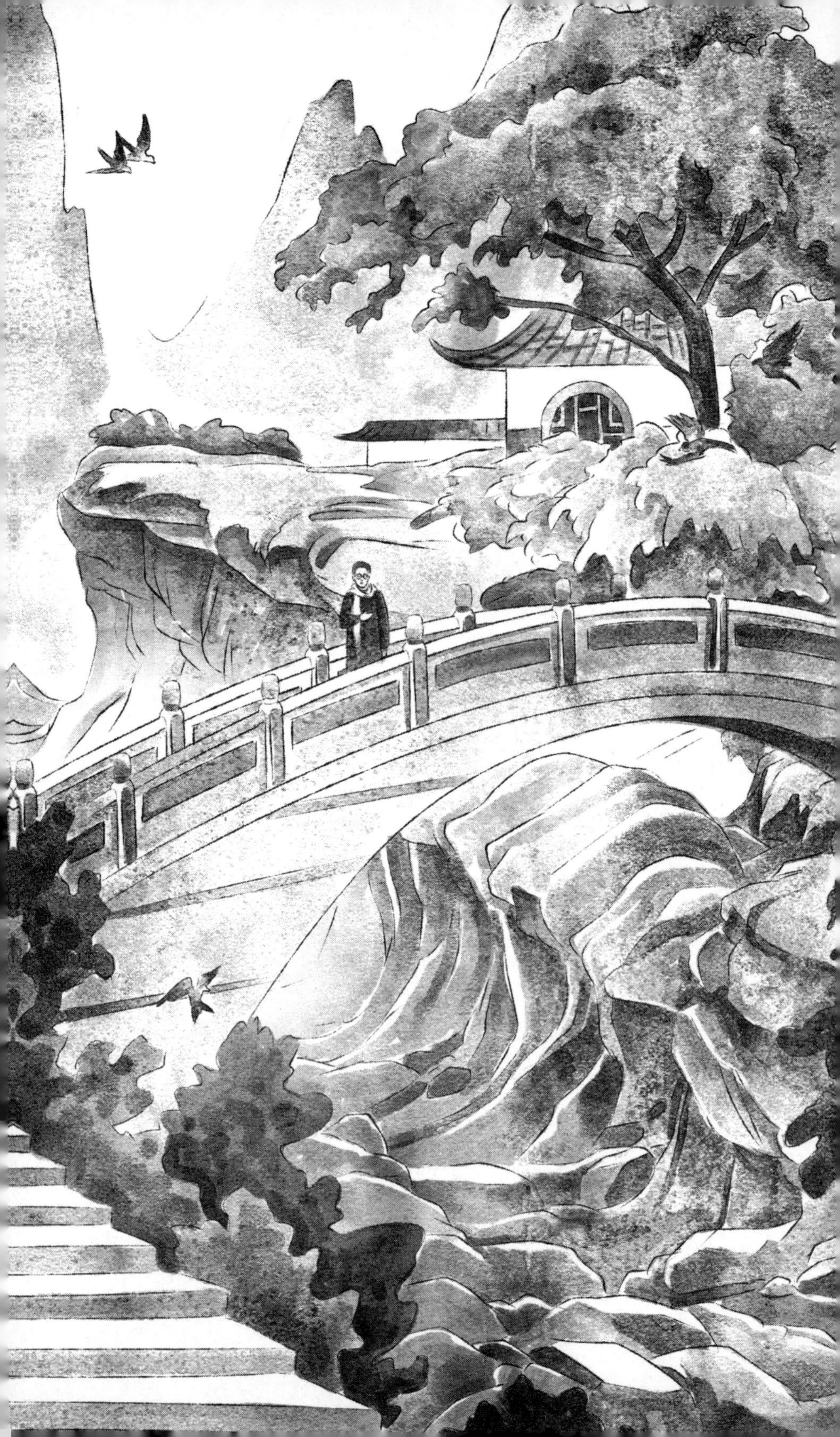

类的处所吧？我想要找一个在此居住的人问问，可是尽眼力向各方望去，除了些葱绿参天的树木，柳木根下一些嫩白色水仙花在小剑般淡绿色叶中露出圆脸外，连一个小生物——小到麻雀一类东西也不见！……或是过于寒冷了吧！不错，这地方是有清冷冷的微风，我在战栗。

但是这风是我很愿意接近的，我心里所有的委屈当第一次感受到风时便通通给吹掉了！我这时绝不会想到二十年来许多不快的事情。

我似乎很满足，但并不像往日正当肚中感到空虚时忽然得到一片满涂果子酱的烤面包那么满足，也不是像在月前一个无钱早晨不能到图书馆去取暖时，忽然从小背心第三口袋里寻出一枚两角钱币那么快意，我简直并不是身心的快适，因为这是我灵魂遨游于虹的国，而且灵魂也为这调和的伟大世界溶解了！

——我忘了买我重游的预约了，这是如何令人怅惘而伤心的事！

二

当我站在靠墙一株洋槐背后，偷偷的展开了心的网幕接受那银筝般歌声时，我忘了这是梦里。

她是如何的可爱，我虽不曾认识她的面孔便知道了。她是又标致、又温柔、又美丽的一个女人，人间的美，女性的美，她都一人占有了。她必是穿着淡紫色的旗袍，她的头发必是漆黑有光，……我从她那拂过我耳朵的微笑声，攒进我心里的清歌声，可以断定我是猜想的一点不错。

她的歌是生着一对银白薄纱般翅膀的；不止能跑到此时同她在一块用一块或两三块洋钱买她歌声的那俗恶男子心中去，并且也跑进那个在洋槐背后胆小腼腆的孩子心里去了！……也许还能跑到这时天上小月儿照着的一切人们心里，借着这清冷有秋意夹上些稻香的微风。

歌声停了。这显然是一种身体上的故障，并非曲的终止。我依然靠着洋槐，用耳与心极力搜索从白花窗幕内漏出的那种继歌声以后而起的寒窣。

"口很……！"这是一种多么悦耳的咳嗽！可怜啊！这明是小喉咙倦于紧张后一种娇惰表示。想着承受这娇惰表示以后那一瞬的那个俗恶厌物，心中真似乎有许多小小花针在刺。但我并不即因此而跑开，骄傲心终战不过妒忌心呢。

"再唱个吧！小鸟儿。"像老鸟叫的男子声撞入我耳朵。这声音正是又粗暴又残忍惯于用命令式使对方服从他的金钱的玩客口中说的。我的天！这是对于一个女子，而且是这样可爱可怜的女子应说的吗？她那银筝般歌声就值不得用一点温柔语气来恳求吗？一块两三块洋钱把她自由尊贵践踏了，该死的东西！可恶的男子！

她似乎又在唱了！这时歌声比先前的好像生涩了一点，而且在每个字里，每一句里，以及尾音，都带了哭音；这哭音很易发见。继续的歌声中，杂着那男子满意高兴奏拍的掌声；歌如下：

可怜的小鸟儿啊！

你不必再歌了吧！
你歌咏的梦已不会再实现了。
一切都死了！
一切都同时间死去了！
使你伤心的月姐姐披了大氅，
不会为你歌声而甩去了，
同你目语的星星已嫁人了，
玫瑰花已憔悴了——为了失恋，
水仙花已枯萎了——为了失恋。

可怜的鸟儿啊！
你不必——请你不必再歌了吧！
我心中的温暖，
为你歌取尽了！

可怜的鸟儿啊！
为月，为星，为玫瑰，为水仙，为我，为一切，为爱而莫再歌了吧！

  我实在无勇气继续的听下去了。我心中刚才随歌声得来一点春风般暖气，已被她以后歌声追讨去了！我知道果真再听下去，定要强取我一汪眼泪去答复她的歌意。
  我立刻背了那用白花窗幔幕着的窗口走去，渺渺茫茫见不到一丝光明。心中的悲哀，依然挤了两颗热泪到眼睛前来……

被角的湿冷使我惊醒，歌声还在心的深处长颤。

　　　　一九二四年圣诞节后一日北京作

<h2 style="text-align:center">三</h2>

即或是没有这些砰砰訇訇的炮声将我脆弱的灵魂摇撼，我依然也不能睡觉啊！想着这时的九二姑娘知是怎样，她也许孤零的一人，正在那阴阴沉沉的囚笼般小房中，黯淡灯光下，抽抽咽咽的将伊伤心眼泪，滴放在我给伊那张丝笺上！她也许正为伊那归依者搂在怀里，而勉强装出笑容，让那带有酒气的嘴巴，在伊颊上连吻！她也许因伤心极了，哭倦了，而熟睡了！她也会想念着过去的那一瞥，而怅惘大哭罢？

我不知觉间，又把汗衫袋内伊那两张折皱了的信纸取出了。我知道这上面有伊银箫般声音，有伊玫瑰般微笑！我用口吻了又用眼泪来浸湿。

伊匆匆忙忙的走去，便向人海中消失了！伊的遗物，怕除了我颊间保留着温馨的吻，与镂在心版上温柔微笑的淡影外，便只是这两张从一册练习簿上扎下来，背着"伊的他"，战战栗栗用铅笔写把我的信了！

伊说：是无期徒刑的人，永无自由之期，永无……在这当中，谁能救拔她？伊又说虽用力冲过了礼教墙垣，然而如今在自己耕耘的园地里，发生了许多荆棘却不能再想法拔去；伊又说欲读书却被事势所牵制，在近来，即外出亦非容易；伊又说伊的他是怎样对伊处处施以难堪压迫；伊末了还说不愿意我爱伊，爱伊实反伤伊心，而且处到此种情景下，两者都有不幸。

伊虽知道别人是用诱骗手段把伊成为占有物，但不能得家庭与社会的谅解；伊虽知道自己应负责继续生活下去，但伊毛羽已为伊的他剪去，……伊结果只怨命。

伊如今正为着"命"将倩影又向人海中消失了！

啊！亲爱的可怜的姑娘！你承认是"命"，何必又定要在你临走那头一晚上，将你那又甜又苦的热泪，流放在一个孩子的脸上来呢？你要我不必爱你，那末，你也应不须爱我……我真惭愧，不能用力来援助你；你不会于这时怨我罢？我想，你对你可怜的弟弟，或不至有丝毫憎恨！你知道你可怜的弟弟，是怎样到这喧扰纷争的世界上，不为人齿，孤独畸零的活着！

你走了，把我交付你，请你用爱丝织成网，紧紧包裹着那颗冰冷的，灰色的，不完整的小心也带着跑了！这是你的胜利，但是，我呢？空空洞洞的我，怎么来生下去？……是！我的心如今依然还是在我胸腔里，但你已把它揉碎了，你已把它啮去一角了！

狠心的姑娘！

我还记着在你动身以前给你那信——

……姑娘！将你那珍珠般眼泪尽量地随意流吧！不要吝惜。我愿它为我把所受的冷酷侮辱洗去，我愿它把我溺死。

不错！我曾小孩般倒在你怀里大哭，在那寂寥冷清的公园中。我怎么不这样怅然惘然，当你那小小嘴唇第一次在一个孩子瘦颊上为爱的洗礼时，它抚摸遍了我旧痛新创。

你说他们眼睛是一堵墙,阻隔了我俩;他们眼睛是一双剑,寒光逼住了我俩,——我不能爱你,你不敢爱我!但是,你那丰腴柔嫩的小颊,终于昨天到我庞儿上了,他们,无聊的他们,算得什么东西?

……

这时,我要在一些刻薄、冷酷、毒恶,无意思的监视下,不措意似的,把窗幔甩去,承受你那近身时温柔的一瞥,已不可得了!我要冒着了刮面寒风,跑到社稷坛左右,寻找那合并映在银白色月光下的两个黑影,已不能够了!即或伤心身世,再不会有人来为我揾拭眼角余泪!再不会有人来偎着脸慰藉我了!……再不会有人来劝我珍重为忧伤而憔悴的身子了!

我向哪里去找我那失去了的心的碎片?……的确,除非梦里,除非梦里:但是,梦又是怎么一种不可凭靠的东西!

姑娘!可爱而又可怜的姑娘啊!请你放老实点,依然用你那柔荑,轻轻的轻轻抚着我头上的长发,我要在你那浅浅微涡的颊边吻到醒后;倘若是梦能有凭。

十三年除夕—九二走后第二星期

四

在别人如狂如醉的欢喜热闹中我伴着寂寞居然也把这年节挨过了。从昨天到街头无目的闲踱买来的一张晚报上,我才知道如今已是初五。时光老人好匆忙的脚步!

为着无聊,同六与十弟在厂甸潮水般的人众中挤了一身臭汗。在我前后的无量数男男女女——有身上红红绿绿如花似玉为施爱而来的青年女人,有脑满肠肥举动迟钝的绅士,有服饰华丽为求女人青盼的儇薄少年,有……他们她们都高兴到一百二十分似的:肩挨肩,背靠背,在那里慢慢移动。平日无人行走的公园这时正像一个大盆,满着上一盆泥鳅。也许她们他们在此盆中同时发见了一种或多种极有意思的玩意儿,足以开心,而我不会领略,所以反觉更加感到孤独无聊!

不久,我们又为着人的潮流一同冲出外面来了。

六与十都说是时间还没有到吃晚饭左右,最好是跑到十四的家中去拜年,他们说的大致是不会错的。把拜年除开,第一是六可以看看几天不见了的伊,而十弟也可以就便为八妹拜年。但他们口上的理由却单提为十四夫妇拜年。

"充配角也充厌了!我何苦又定要去到那充满着幸福——富贵与爱美——的家中看别人演喜剧呢?即或我这麻木的感官,稍稍刺激是不甚么要紧,然从别人脸上勉强表示出来的欢迎神气,也就够要人消受啊!……"

不过到后来,我这"顽固"的意思,终敌不过口上的牵扯;——也是我自己在克制我顽固,我即刻又跳上洋车,向二十四胡同进发了。

拜年究竟也还合算,只要一进屋,口上提出嗓子喊一声,进门时向着老主人略略把腰一屈,就完事了。拜年的所得,不是小时候在故乡中像周家娘似的送一串用红绒绳穿就的白制钱;却只是一盘五颜六色的糖果。这糖不知叫什么名儿,吃时但觉软软的滑滑的，大概是很值钱，也许还是什么西洋的东西，这也算是我的幸福。

在一间铺陈耀眼的客室中，着上了个乡下气未脱寒伧气十足的我，真是不大什么适宜！我处处觉得感到迫束。但软松褐色靠椅上坐着实在比公寓中冷板凳好一点，而且主人还未回，六与十也很直率的替主人留客——失了自主力的我，也只好不说走了。

"……女人，那末一对一对：十四与九，六与十一，十与八。……一个做太太的主妇，一个做不问家事单享点快乐的老爷。老爷到外面找钱，两太太便到家中用。太太二十五六，老爷四十三……年龄虽似乎远了一点，但有钱可以把两方不匀称的调和，大不致妨事……太太娇憨若不解事，处处还露出孩子气，……虽然已有了几个小小爱的结晶，但这并不影响到太太方面。太太依然是年青，美丽，……老爷公余回家，宴会以外，便享受太太的狂爱……即或是太太嗔怒多于喜乐，但这初不妨于幸福丝微……自然！有时还非这个不见的有趣。——

"六呢，经济上是拙笨了一点。然而她们资质很恰当，而性格趣味亦不见多少龃龉，在十一的神情举止间看来，还不是个二十四岁以上的姑娘……虽说是……但总还剩下一大段青春足供她俩浪费。——

"十与八呢，他们正都是在创造爱的时候，前途正有许多许多满开着白花，莺唱着情歌，……可爱的春天可走。——

"我呢，我就是我。……一个人单单做梦，做一切的……我是专做梦的人，这也好。……

"特意来拜年的！"

我昏昏迷迷靠在客室那张褐色椅上睁起眼睛做梦，给六一声把我吵醒了。进房来的是一个阔绰而和气的胖子，这不要说可以知道是主人了，我连忙站起来把我为到别人面前而做出的笑脸，加上一倍高兴神气。照面一下，又得六与十为介绍了一句：

"这是三弟！"

头一次困难总算解除了。谈了两分钟"天气的好丑"，最后便是吃点心。

我总会是因为久久不向一个陌生人做笑脸了，从对坐那个小镜子中，我发见我自己困难的神色。在这样新年到人家屋里不是能做这样阴惨惨样子给主人看的。从这中，别人会引起比厌恶还更甚的误会。我只好尽他们谈话，把头慢慢移到壁间那几张油画上面去。

十一来了，她是依然像小孩子般可爱。大凡女人们既没有什么很不如意的事情——譬如死丈夫，丈夫讨小，或丈夫不在家专到外面鬼混，或两方面相差处太多，或家长不好，……自然是很不容易老的，何况又有许多许多洋货铺为向外国几万里路运贩新奇化妆品呢。伊虽已为六做了七八年主妇，年龄也快到卅数目相近了，但任谁看来，都会承认伊是又风韵，又活泼，窈窕，温柔，娇美，——在间或有个时候，还会当着旁人，在六面前撒一点娇痴的一个妇人。

伊把六手上夹着年糕的筷子用极敏捷手法抢了过去，六但笑了一笑。有幸福的六！

"伊不是有意在那里骄傲人吗？！"

即或不是故意给我难堪，然这样我如何能看？我又悔恨我先前为甚不顽固到底了！

女主人十四同她八妹不久都来了，在伊等背后又同来了一位像貌不大引人注意——说刻薄点是有点笨傻；——然而命好，衣衫漂亮时髦的少年。这自然是很有意思的一回事！十四夫妇一对，六与十一又是一对，十与八也可以算成一对：他们她们虽不能像公园中那末手挽着手儿谈话，脸偎着脸儿亲热，然他们各人心是融合的，心是整个的。我们虽是相互的谈着笑着，我无论如何是不会跑进她们心上去占据着一小角位置！终于我又要起身跑了。在我身子为他们制住，口中在设辞解释我要去的意思时，眼泪正朝里面心上流。

……

虽然在炫目的电灯下，大餐桌上，吃了一餐极精美丰富的晚饭，但心灵上的痛苦，却找不出什么相当的代价来赔偿了！

一月三十日

五

那陌生的不知名的年青的姑娘啊！一个孩子，一个懦弱的，渺小的，不为人所注意的平凡孩子，在这世界沉眠但有微细鼾呼的寂寞深夜，凭了凄清的流注到窗上床上的水银般漾动的月光，用眼泪为酒浆，贡献给神面前，祝你永生；

——祝你美丽的面目，不为一切悲哀之魔所啮伤；祝你纯洁的灵魂，永不浸入丑笨的世界缩影，祝你同玫瑰般：常开笑靥于芳春时节；祝你同春风般：到处使一切欢愉苏生，使世界光明璀璨；祝你沉酣的梦境里，能寻出神所吝惜与你的一切要求……萧萧的秋夜雨声中，你还能在你所爱的少年怀里安睡；

啊啊！姑娘！生命中的一刹那，这不过流星在长空无极间一瞥，这不过电花在漆黑深夜里一闪；但是，我便已成了你灵魂的俘虏了！我忘了社会告给我们的无意思的理性桔链，把我这无寄顿的爱，很自然的放到你苍穹般——纯洁伟大崇高的灵魂上面了！假使你知道到耶路撒冷的参朝圣地的人们是怎样一种志诚，在慈母摇篮里的小孩的微笑是怎样一种真率；你当知我是怎样的敬你。

日来的风也太猖狂了，我为了扫除我星期日的寂寞，不得不跑到东城一友人校中去消蚀这一段生命。诅咒着风的无聊，也许人人都一样。但是，当我同你在车上并排的坐着时，我却对这风私下致过许多谢忱了。风若知同情于不幸的人们，稍稍的——只要稍稍的因顾忌到一切的摧残而休息一阵，我又哪能有这样幸福？你那女王般骄傲，使我内心生出难堪的自惭，与毫不相恕的自谴。我自觉到一身渺小正如一只猫儿，初置身于一陌生锦绣辉煌的室中，几欲惶惧大号。……这呆子！这怪物，这可厌的东西！……当我惯于自伤的眼泪刚要跑出眶外时，我以为同坐另外几个人，正这样不客气的把那冷酷的视线投到我身上，露出卑鄙的神气。

到这世上，我把被爱的一切外缘，早已挫折消失殆尽了！我哪能再振勇气多看你一眼？

你大概也见到东单时颓然下车的我，但这对你值不得在印象中久占，至多在当时感到一种座位宽松后的舒适罢了！你又哪能知道车座上的一忽儿，一个同座不能给人以愉快的平常而且褴褛的少年，心中会有许多不相干的眼泪待流？

　　我不是什么诗人，不能用悦耳的清歌唱出灵魂中的蕴藏，我的（真美善）创作品，怕不过从灰败的凹陷的两个眼眶中泻出的一汪清泪罢了！明月在我被上伏着，除她还有谁能知道？

　　明月也跑去了！

二月二十二日

名师赏析

　　为了心中思恋的"伊"，"我"的每个夜，都是"遥夜"。失眠的夜总是那么漫长。遥不可及的渴望让人辗转徘徊，愁肠似结，如何能寐啊！这样的夜，不就是"遥夜"吗？

　　沈从文先生是多情的，他的文字是深情的。全篇五个部分，如同五篇晚上的日记，写下了爱的追求和失落。

　　第一部分，从奇怪的梦境开始。高而危的美丽石桥，跑着五色小星星的蓝天，清冷冷的微风，让"我"疑惑，又让"我"满足。最后一句，似梦，似醒，为忘了预约重游而怅惘伤心。

　　第二部分，依然是梦，但作者说"忘了这是梦里"。美妙歌声从窗子里飘到"我"的心里。唱歌的"她"是那么可爱，却是一只被"可恶的男子"囚禁的"可怜的鸟儿"。听着她幽怨的歌声,"我"心中悲哀,惊醒时被角湿冷。

第三部分开始写到那个让"我"梦中惊醒的"伊"——"可爱又可怜的姑娘"。故事是令人心酸的,因为"我"的诚挚和无奈,因为"伊"的善良和遭遇。这是第二部分的延续,更是对第二部分梦的解释。

第四部分写得最长,不是写梦,而是写现实。拜年的热闹中,大家都是成双成对的,唯有"我"是孤零零的。梦中已然伤心,这现实中近在咫尺的别人的热闹欢欣,更加剧了"我""心灵上的痛苦"。

最后一部分,先写对梦中姑娘的祝福,再写对车上身边一个姑娘的暗恋。这暗恋那么真诚,又自觉那么卑微,只能藏在心里,化作梦里的一汪清泪。

《遥夜》的五个部分,起承转合,表达了"我"爱的孤独和痛苦,以及"我"对美好梦想的渴望和幻想。字字句句,无论是描写,还是抒情,都表现出了鲜明而强烈的真挚情感。

西山的月

"求你将我放在你心上如印记,带在你臂上如戳记。"我念诵着《雅歌》来希望你,我的好人。

你的眼睛还没掉转来望我,只起了一个势,我早惊乱得同一只听到弹弓弦子响中的小雀了。我是这样怕与你灵魂接触,因为你太美丽了的缘故。

但这只小雀它愿意常常在弓弦响声下惊惊惶惶乱窜,从惊乱中它已找到更多的舒适快活了。

在青玉色的中天里,那些闪闪烁烁的星群,有你的眼睛存在:因你的眼睛也正是这样闪烁不定,且不要风吹。

在山谷中的溪涧里,那些清莹透明的出山泉,也有你的眼睛存在:你眼睛我记着比这水还清莹透明,流动不止。

我侥幸又见到你一度微笑了,是在那晚风为散放的盆莲旁边。这笑里有清香,我一点都不奇怪,本来你笑时是有种比清香还能沁人心脾的东西!

我见到你笑了，还找不出你的泪来。当我从一面篱笆前过身，见到那些嫩紫色牵牛花上负着的露珠，便想：倘若是她有什么不快事缠上了心，泪珠不是正同这露珠一样美丽，在凉月下会起虹彩吗？

我是那么想着，最后便把那朵牵牛花上的露珠用舌子舔干了。

"怎么这人哪，不将我泪珠穿起？"你必不会这样来怪我，我实在没有这种本领。我头发白得太多了，纵使我能，也找不到穿它的东西！

病渴的人，每日里身上疼痛，心中悲哀，你当真不愿给渴了的人一点甘露喝？

这如像做好事的善人一样：可怜路人的渴涸，济以茶汤，恩惠将附在这路人心上，做好事的人将蒙福至于永远。

我日里要做工，没有空闲。在夜里得了休息时，便沿着山涧去找你。我不怕虎狼，也不怕伸着两把钳子来吓我的蝎子，只想在月下见你一面。

碰到许多打起小小火把夜游的萤火，问它们，"朋友朋友，你曾见过一个人吗？"

"你找寻的那个人是个什么样子呢？"

我指那些闪闪烁烁的群星，"哪，这是眼睛。"

我指那些飘忽的白云，"哪，这是衣裳。"

我要它们静心去听那些涧泉和音，"哪，她声音同这一样。"

我末了把刚从花园内摘来那朵粉红玫瑰在它们眼前晃了一下,"哪,这是脸。"

这些小东西,虽不知道什么叫作骄傲,还老老实实听我的话,但当我问它们听清白没有？只把头摇了摇就想跑。

"怎么,究竟见不见到呢？"——我赶着追问。

"我这灯笼照我自己全身还不够！先生,放我吧,不然,我会又要绊倒在那些不忠厚的蜘蛛设就的圈套里……虽然它们也不能奈何我,但我不愿意同它麻烦。先生,你还是问别个吧,再扯着我会赶不上它们了。"——它跑去了。

我行步迟钝,不能同它们一起遍山遍野去找你——但凡是山上有月色流注到的地方我都到了,不见你的踪迹。

回过头去,听那边山下有歌声飘扬过来,这歌声出于日光只能在垣处徘徊的狱中。我跑去为他们祝福：

你那些强健无知的公绵羊啊！
神给了你强健却吝了知识：
每日和平守分地咀嚼主人给你们的窝窝头。
疾病与忧愁永不凭附于身；
你们是有福了——阿门！

你那些懦弱无知的母绵羊啊！
神给了你温柔却吝了知识：
每日和平守分地咀嚼主人给你们的窝窝头,
失望与忧愁永不凭附于身；

你们也是有福了——阿门！

世界之霉一时侵不到你们身上，
你们但和平守分的生息在圈牢里：
能证明你主人的恩惠——
同时证明了你主人的富有；
你们都是有福了——阿门！

当我起身时，有两行眼泪挂在脸上。为别人流还是为自己流呢？我自己还要问他人。但这时除了中天那轮凉月外，没有能做证明的人。

我要在你眼波中去洗我的手，摩到你的眼睛，太冷了。

倘若我的眼睛真是这样冷，在你鉴照下，有个人的心会结成冰。

这也是我游香山时找得的一篇文章，找得的地方是半山亭。似乎是什么人遗落忘记的稿子。文章虽不及古文高雅，但半夜里能一个人跑上半山亭来望月，本身已就是个妙人了。

当我刚发见这稿子念过前几段时，心想不知是谁个女人来消受他这郁闷的热情，未免起了点妒羡心。到末了使我了然，因最后一行写的是"待人承领的爱"这六个字令我失望，故把它圈掉了。为保存原文起见，乃在这里声明一句。

若有某个人能切实证明这招贴文章是寄她的，只要把地点告知，我也愿把原稿寄给她，左右留在我身边也是无用东西。至于我，不经过别人许可，就在这里把别人文章发表了，不合理的地方，特在此致一声歉，不过想来既然是招贴类文章，擅自发表出来，也不算十分无道德心吧。

一九二五年九月一日作

原载1925年9月7日《晨报副刊》

名师赏析

读着这篇美得令人心动又心疼的文字，总会叫人沉醉良久——沈从文先生如此倾心的西山的月，到底指的是什么呢？真的是天上那一轮或一弯吗？那这月儿的眼，这月儿的微笑，这月儿的泪，仅仅是想象中的"清莹透明，流动不止""沁人心脾""露珠一样美丽"吗？这分明写的是梦中情人啊！

所以，接着，作者写他在夜里"便沿着山涧去找你""只想在月下见你一面"。

但，这梦中人，似乎并不是一个真实的存在。歌声之后，作者写道："这也是我游香山时找得的一篇文章……"

那么，作者为什么还如此倾心，如此赞美，如此思恋呢？这，其实是沈从文先生对心中理想的渴念的美好人性的深情表达。那浪漫的想象，那偶遇的故事，那美好的象征，让眼前景和心中景，自然和心境，完美结合、统一，营造出了读者为之沉醉的心理氛围。

这样的文字，值得慢慢地，反复地，咀嚼。

废邮存底

一

我行过许多地方的桥,看过许多次数的云,喝过许多种类的酒,却只爱过一个正当最好年龄的人。

××:

你们想一定很快要放假了。我要玖[①]到××来看看你,我说,"玖,你去为我看看××,等于我自己见到了她。去时高兴一点,因为哥哥是以见到××为幸福的。"不知道玖来过没有? 玖大约秋天要到北平女子大学学音乐,我预备秋天到青岛去。这两个地方都不像上海,你们将来有机会时,很可以到各处去看看。北平地方是非常好的,历史上为保留下一些有意义极美丽的东西,物质生活极低,人极和平,春天各处可放风筝,夏天多花,秋天有云,冬天刮风落雪,气候使人严肃,同时也使人平静。××毕了业若还要读几年书,倒是来北平读书好。

你的戏不知已演过了没有? 北平倒好,许多大教授也演戏,还有从女大毕业的,到各处台上去唱昆曲,也不为人笑话。

[①] 玖:即沈从文的九妹沈岳萌。

使戏子身分提高，北平是和上海稍稍不同的。

听说××到过你们学校演讲，不知说了些什么话。我是同她顶熟的一个人，我想她也一定同我初次上台差不多，除了红脸不会有再好的印象留给学生。这真是无办法的，我即或写了一百本书，把世界上一切人的言语都能写到文章上去，写得极其生动，也不会作一次体面的讲话。说话一定有什么天才，×××是大家明白的一个人，说话嗓子洪亮，使人倾倒，不管他说的是什么空话废话，天才还是存在的。

我给你那本书，《××》同《丈夫》都是我自己欢喜的，其中《丈夫》更保留到一个最好的记忆，因为那时我正在吴淞，因爱你到要发狂的情形下，一面给你写信，一面却在苦恼中写了这样一篇文章。我照例是这样子，做得出很傻的事，也写得出很多的文章，一面糊涂处到使别人生气，一面清明处，却似乎比平时更适宜于作我自己的事。××，这时我来同你说这个，是当一个故事说到的，希望你不要因此感到难受。这是过去的事情，这些过去的事，等于我们那些死亡了最好的朋友，值得保留在记忆里，虽想到这些，使人也仍然十分惆怅，可是那已经成为过去了。这些随了岁月而消失的东西，都不能再在同样情形下再现了的，所以说，现在只有那一篇文章，代替我保留到一些生活的意义。这文章得到许多好评，我反而十分难过，任什么人皆不知道我为了什么原因，写出一篇这样文章，使一些下等人皆以一个完美的人格出现。

我近日来看到过一篇文章，说到似乎下面的话："每人都有一种奴隶的德性，故世界上才有首领这东西出现，给人尊敬崇拜。因这奴隶的德性，为每一个不可少的东西，所以不崇拜首领的人，也总得选择一种机会低头到另一种事上去。"××，我在你面前，这德性也显然存在的。为了尊敬你，使我看轻了我自己一切事业。我先是不知道我为什么这样无用，所以还只想自己应当有用一点。到后看到那篇文章，才明白，这奴隶的德性，原来是先天的。我们若都相信崇拜首领是一种人类自然行为，便不会再觉得崇拜女子有什么稀奇难懂了。

你注意一下，不要让我这个话又伤害到你的心情，因为我不是在窘你做什么你所做不到的事情，我只在告诉你，一个爱你的人，如何不能忘你的理由。我希望说到这些时，我们都能够快乐一点，如同读一本书一样，仿佛与当前的你我都没有多少关系，却同时是一本很好的书。

我还要说，你那个奴隶，为了他自己，为了别人起见，也努力想脱离羁绊过。当然这事作不到，因为不是一件容易事情。为了使你感到窘迫，使你觉得负疚，我以为很不好。我曾做过可笑的努力，极力去同另外一些人要好，到别人崇拜我愿意做我的奴隶时，我才明白，我不是一个首领，用不着别的女人用奴隶的心来服侍我，却愿意自己作奴隶，献上自己的心，给我所爱的人。我说我很顽固的爱你，这种话到现在还不能用别的话来代替，就因为这是我的奴性。

××，我求你，以后许可我作我要作的事，凡是我要向你说什么时，你都能当我是一个比较愚蠢还并不讨厌的人，让我有一种机会，说出一些有奴性的卑屈的话，这点是你容易办到的。你莫想，每一次我说到"我爱你"时你就觉得受窘，你也不用说"我偏不爱你"，作为抗拒别人对你的倾心。你那打算是小孩子的打算，到事实上却毫无用处的。有些人对天成日成夜说,"我赞美你,上帝!"有些人又成日成夜对人世的皇帝说,"我赞美你,有权力的人!"你听到被称赞的"天"同"皇帝",以及常常被称赞的日头同月亮,好的花,精致的艺术回答说"我偏不赞美你"的话没有?一切可称赞的,使人倾心的,都像天生就是这个世界的主人,他们管领一切,统治一切,都看得极其自然,毫不勉强。一个好人当然也就有权力使人倾倒,使人移易哀乐,变更性情,而自己却生存到一个高高的王座上,不必作任何声明。凡是能用自己各方面的美攫住别的人灵魂的,他就有无限威权,处置这些东西,他可以永远沉默,日头,云,花,这些例举不胜举。除了一只莺,他被人崇拜处,原是他的歌曲,不应当哑口外,其余被称赞的,大都是沉默的。××,你并不是一只莺。一个皇帝,吃任何阔气东西他都觉得不够,总得臣子恭维,用恭维作为营养,他才适意,因为恭维不甚得体,所以他有时还发气骂人,让人充军流血。××,你不会像帝皇,一个月亮可不是这样的,一个月亮不拘听到任何人赞美,不拘这赞美如何不得体,如何不恰当,它不拒绝这些从心中涌出的呼喊。××,你是我的月亮。你能听一个并不十分聪明的人,用各种声音,各样言语,向你说出各样的感想,而这感想却因为你的存在,如一个光明,照耀到我的生活里而起的,你不觉得这也是生存里一件有趣味的事吗?

"人生"原是一个宽泛的题目,但这上面说到的,也就是人生。

为帝王作颂的人,他用口舌"娱乐"到帝王,同时他也就"希望"到帝王。为月亮写诗的人,他从它照耀到身上的光明里,已就得到他所要的一切东西了。他是在感谢情形中而说话的,他感谢他能在某一时望到蓝天满月的一轮。××,我看你同月亮一样。……是的,我感谢我的幸运,仍常常为忧愁扼着,常常有苦恼(我想到这个时,我不能说我写这个信时还快乐)。因为一年内我们可以看过无数次月亮,而且走到任何地方去,照到我们头上的,还是那个月亮。这个无私的月亮不单是各处皆照到,并且从我们很小到老还是同样照到的。至于你,"人事"的云翳,却阻拦到我的眼睛,我不能常常看到我的月亮!一个白日带走了一点青春,日子虽不能毁坏我印象里你所给我的光明,却慢慢的使我不同了。"一个女子在诗人的诗中,永远不会老去,但诗人,他自己却老去了。"我想到这些,我十分忧郁了。生命都是太脆薄的一种东西,并不比一株花更经得住年月风雨,用对自然倾心的眼,反观人生,使我不能不觉得热情的可珍,而看重人与人凑巧的藤葛。在同一人事上,第二次的凑巧是不会有的。我生平只看过一回满月。我也安慰自己过,我说,"我行过许多地方的桥,看过许多次数的云,喝过许多种类的酒,却只爱过一个正当最好年龄的人。我应当为自己庆幸,……"这样安慰到自己也还是毫无用处,为"人生的飘忽"这类感觉,我不能够忍受这件事来强作欢笑了。我的月亮就只在回忆里光明全圆,这悲哀,自然不是你用得着负疚的,因为并不是由于你爱不爱我。

仿佛有些方面是一个透明了人事的我,反而时时为这人生现象所苦,这无办法处,也是使我只想说明却反而窘了你的理由。

××,我希望这个信不是窘你的信。我把你当成我的神,敬重你,同时也要在一些方便上,诉说到即或真神也很糊涂的心情，你高兴，你注意听一下，不高兴，不要那么注意吧。天下原有许多稀奇事情，我××××十年，都缺少能力解释到它，也不能用任何方法说明，譬如想到所爱的一个人的时候，血就流走得快了许多，全身就发热作寒，听到旁人提到这人的名字，就似乎又十分害怕，又十分快乐。究竟为什么原因，任何书上提到的都说不清楚，然而任何书上也总时常提到。"爱"解作一种病的名称，是一个法国心理学者的发明，那病的现象，大致就是上述所及的。

你是还没有害过这种病的人，所以你不知道它如何厉害。有些人永远不害这种病，正如有些人永远不患麻疹伤寒，所以还不大相信伤寒病使人发狂的事情。××，你能不害这种病，同时不理解别人这种病，也真是一种幸福。因为这病是与童心成为仇敌的，我愿意你是一个小孩子，真不必明白这些事。不过你却可以明白另一个爱你而害着这难受的病的痛苦的人，在任何情形下，却总想不到是要窘你的。我现在，并且也没有什么痛苦了，我很安静，似乎为爱你而活着的，故只想怎么样好好的来生活。假使当真时间一晃就是十年，你那时或者还是眼前一样，或者已做了某某大学的一个教授，或者自己不再是小孩子，倒已成了许多小孩子的母亲，我们见到时，那真是有意思的事。任何一个作品上，以及任何一个世界名作作者的传记上，最动人的一章，总是那人与人纠纷藤葛的一章。许多诗是专为这点热情的指使而写出的，许多动人的诗，所写的就是这些事，我们能欣赏那些东西，为那些东西而感动，也照例轻视到自己，以及别人因受自己所影响而发生传奇的行为，这个事好像不大公平。因为这个理由，天将不许你长是小孩子。"自然"使苹果由青而黄，也一定使你在适当的时间里，转为一个"大人"。××，到你觉得你已经不是小孩子，愿意作大人时，我倒极希望知道你那时在什么地方做些什么事，有些什么感想。"蒮苇"是易折的，"磐石"是难动的，我的生命等于"蒮苇"，爱你的心希望它能如"磐石"。望到北平高空明蓝的天，使人只想下跪，你给我的影响恰如这天空，距离得那么远，我日里望着，晚上做梦，总梦到生着翅膀，向上飞举。向上飞去，便看到许多星子，都成为你的眼睛了。

××，莫生我的气，许我在梦里，用嘴吻你的脚，我的自卑处，是觉得如一个奴隶蹲到地下用嘴接近你的脚，也近于十分亵渎了你的。

我念到我自己所写的"蒮苇是易折的，磐石是难动的"时候，我很悲哀。易折的蒮苇，一生中，每当一次风吹过时，皆低下头去，然而风过后，便又重新立起了。只有你使它永远折伏，永远不再作立起的希望。

一九三一年六月

二

今天是我生平看到最美一次的天气，在落雨以后的达园，我望到不可形容的虹，望到不可形容的云，望到雨后的小小柳树，望到雨点。……天上各处是燕子。……虹边还在响雷，耳里听到雷声，我在一条松树夹道上走了好久。我想起许多朋友，许多故事，仿佛三十年人事都在一刻儿到跟前清清楚楚的重现出来。因为这雨后的黄昏,透明的美,好像同××的诗太相像了,我想起××。

××你瞧,我在这时什么话也说不出了的。我这几年来写了我自己也数不清楚的多少篇文章,人家说的任何种言语,我几乎都学会写到纸上了,任何聪明话,我都能使用了,任何对自然的美的恭维,我都可以模仿了;可是,到这些时节,我真差不多同哑子一样,什么也说不出。一切的美说不出,想到朋友们,一切鲜明印象,在回忆里如何放光,这些是更说不出的。

我想到××,我仿佛很快乐,因为同时我还想到你的朋友小麦,我称赞她爸爸妈妈真是两个大诗人。

把一切印象拼合拢来,我非常满意我这一天的生存。我对于自己生存感到幸福,平生也只有这一天。

今天真是一个最可记忆的一天,还有一个故事可以同你说:诗人××到这里来,来时已快落雨了。在落雨以前,他又走了。落雨时,他的洋车一定还在×××左右,即或落下的是刀子,他也应当上山去,因为若把诗人全身淋湿如落汤鸡,这印象保留在另一时当更有意义。他有一个"老朋友"在×××养病,这诗人,是去欣赏那一首"诗"的。我写这个信时,或者正是他们并肩立在松下望到残虹谈话的时节。××,得到这信时,试去作一次梦,想到×××的雨后的他们,并想到达园小茅亭的从文,今天是六月十九日,我提醒你不要忘记是这个日子。这时已快夜了,一切光景都很快要消失了,这信还没有写完,这一切都似乎就已成为过去了。××,这信到你手边时,应当是一个月以后的事,我盼望它可以在你心里,有小小的光明重现。××,这信到你手边时,你一定也想起从文吧?我告你，我还是老样子，什么也没有改变。在你记忆里保留到的从文，是你到庆华公寓第一次见到的从文，也是其他时节你所知道的从文，我如今就还是那个情形，这不知道应使人快乐还是忧郁？我也有了些不同处，为朋友料不到的，便是"生活"比以前好多了。社会太优待了我，使我想到时十分难受。另一方面，朋友都对我太好了，我也极其难受。因为几年来我做的事并不勤快认真，人越大且越糊涂，任性处更见其任性，不能服侍女人处，也更把弱点加深了。这些事，想到时，我是很忧愁的。关心到我的朋友们，即或自己生活很不在意，总以为从文有些自苦的事情，是应当因为生活好了一点年龄大了一点便可改好的。谁知这些希望都完全是空事情，事实且常常与希望相反，便是我自己越活越无"生趣"。这些话是用口说不分明的，一切猜疑也不会找到恰当的解释，连我自己也不知道，为什么到现在还成天只想"死"。

感谢社会的变迁，时代一转移，就到手中方便，胡乱写下点文章，居然什么工也不必作，就活得很舒服了。同时因这轻便不过的事业，还得到了不知多少的朋友，不拘远近都仿佛用作品成立了一种最好的友谊，算起来我是太幸福了的。可是我好像要的不是这些东西。或者是得到这些太多，我厌烦了。我成天只想做一个小刻字铺的学徒，或一个打铁店里的学徒，似乎那些才是我分上的事业，在那事业里，我一定还可以方便一点，本分一点。我自然不会去找那些事业，也自然不会死去，可是，生活真是厌烦极了。因为这什么人也不懂的烦躁，使我不能安心在任何地方住满一年。去年我在武昌，今年春天到上海，六月来北平，过不久，我又要过青岛去了，过青岛也一定不会久的，我还得走。我自己也不知道我走到哪儿去好。一年人老一年，将来也许跑到蒙古去。这自愿的充军，如分析起来，使人很伤心的。我这"多疑""自卑""怯弱""执着"的性格，综合以后便成为我人格的一半。××，我并不欢喜这人格。我愿意做一个平常的人，有一颗为平常事业得失而哀乐的心，在人事上去竞争，出人头地便快乐，小小失望便忧愁，见好女人多看几眼，见有利可图就上前，这种我们常常瞧不上眼的所谓俗人，我是十分羡慕却永远学不会的。我羡慕他们的平凡，因为在平凡里的他们才真是"生活"。但我的坏性情，使我同这些人世幸福离远了。我在我文章里写到的事，却正是人家成天在另一个地方生活着的事，人家在"生活"里"存在"，我便在"想象"里"生活"。××，一个作家我们去"尊敬"他，实在不如去"怜悯"他。我自己觉得是无聊到万分，在生活的糟粕里生活的。也有些人即或自己只剩下了一点儿糟粕，如××、××；一个无酒可啜的人，是应分用糟粕过日子的。但在我生活里，我是不是已经喝过我分上那一杯？××，我并没有向人生举杯！我分上就没有酒。我分上没有一滴。我的事业等于为人酿酒，我为年青人解释爱与人生，我告他们女人是什么，灵魂是什么，我又告他们什么是德性，什么是美。许多人从我文章里得到为人生而战的武器，许多人从我文章里取去与女人作战保护自己的盔甲。我得到什么呢？许多女人都为岁月刻薄而老去了，这些人在我印象却永远还是十分年青。我的义务——我生存的义务，似乎就是保留这些印象。这些印象日子再久一点，总依然还是活泼、娇艳、尊贵。让这些女人活在我的记忆里，我自己，却一天比一天老了。××，这是我的一份。

××，我应当感谢社会而烦怨自己，这一切原是我自己的不是。自然使一切皆生存在美丽里；一年有无数的好天气，开无数的好花，成熟无数的女人，使气候常常变幻，使花有各种的香，使女人具各种的美，任何一个活人，他都可以占有他应得那一份。一个"诗人"或一个"疯子"，他还常常因为特殊聪明，与异常禀赋，可以得到更多的赏赐。××，我的两手是空的，我并没有得到什么，我的空手，因为我是一个"乖僻的汉子"。

读我另一个信吧。我要预备告给你，那是我向虚空里伸手，攫着的风的一个故事。我想象有一个已经同我那么熟习了的女人，有一个黑黑的脸，一双黑黑的手，……是有这样一个人，像黑夜一样，黑夜来时，她仿佛也同我接近了。因为我住到这里，每当黑夜来时，一个人独自坐在这亭子的栏杆上，一望无尽的芦苇在我面前展开，小小清风过处，朦胧里的芦苇皆细脆作声如有所诉说。我同它们谈我的事情，我告给它们如何寂寞，它们似乎比我最好的读者，比一切年青女人更能理解我的一切。

××，黑夜已来了，我很软弱。我写了那么多空话，还预备更多的空话去向黑夜诉说。我那个如黑夜的人却永不伴同黑夜而来的，提到这件事，我很软弱，心情陷于一种无可奈何的泥淖中。

"年青体面女人，使用一千个奴仆也仍然要很快的老去，这女人在诗人的诗中，以及诗人的心中，却永远不能老去。"××，你心中一定也有许多年青人鲜明的影子。

××，对不起，你这时成为我的芦苇了。我为你请安。我捏你的手。我手已经冰冷，因为不知什么原因，我在老朋友面前哭了。

（这个信，给留在美国的《山花集》作者①）

一九三一年六月作

三

××：

我想跟你写一个信寄到山上来，赞美天气使你"做"一首好诗。今天真美，因为那么好天气，是我平生少见的。雨后的虹同雨后的雷还不出奇，最值得玩味的，还是一个人坐在洋车上颠颠播播，头上淋着雨，心中想着"诗"。你从前做的诗不行了，因为你今天的生活是一首超越一切的好诗。

自然你上山去不只做诗，也是去读"诗"的。我算到天上虹还剩下一只脚时，你已经爬上山顶了。若在路上不淋雨自然很好，若淋了雨也一定更好。因为目下湿湿的身体，只是目下的事，这事情在回忆里却能放光，非常眩目。回忆的温暖烘得干现在的透湿衣裳，所以我想你不会着凉的。

因为这天气，我这会写散文的人，也写了三千字散文。可是我这散文是写在黑夜做成的纸上的，因为坐在亭子前面，在黑暗里听蛙叫了四点钟。照规矩我是一点钟写八百字，所以算他一个三千的数目。我想到今天倒是顶快乐的日子，因为从没有能安安静静坐到玩四个钟头的。

---

① 《山花集》：诗集，1930年由北新书局出版，作者为刘廷蔚。

现在荷花塘里的青蛙还在叫，可是我的灯已经熄了，各处都有声音。一定有鬼，一定有鬼！我睡了是好的，睡到床上就不再怕鬼了，大约鬼是不上床的。

可是我当真应当睡了，蜡烛不知烧死了多少小飞虫，看到这事真是怪凄惨。这时忽然有个绿翅膀蜻蜓一类小东西，扑到蜡汁上，翅膀振动得厉害，我望到那小东西的胡子，在嘴巴边上。（一定是胡子！）你说，长了胡子的还不懂厉害，还不知道小心，年青的怎么能避免在追求光明中烧死？

大约人也有这种就光的兴味，我单是想象到我那一支烛，就很难受了（不吃酒的人听到人说"酒"字脸也得红）。让我提起个你已经忘掉的事，就是我去武昌前到你家里那次谈到哭脸的事。现在还是不行。到武昌，到上海，到北京，再到青岛，我没有办法把那一支蜡烛的影子去掉的。我是不是应当烧枯，还是可以用什么观念保护到自己？这件事我得学习。一只小虫飞到火上去，仿佛那情形很可怜的。虽说想象中的烛不能使翅膀烧焦，想象中的热情也还依然能把我绊倒。

一九三一年六月十九日寄冒雨上X山的诗人

名师赏析

这里选了三封信，写给不同的三个人，字里行间都充满了最真挚的感情。

第一篇是写给作者的心中人张兆和的。文章开篇,便奠定了情感基调——"我行过许多地方的桥……却只爱过一个正当最好年龄的人"。这是一篇情书,是一封爱的誓言。在信中,作者表达了自己对心中人无法抑制的爱慕之情,但又担心自己的这份爱慕会让心中人受窘。他只希望心中人允许他表达自己如"磐石"般"爱你的心",而不必回应自己。字字句句,发自肺腑,且又讲究方法,心思细腻。为了让心中人不至于受窘,先从生活中的事情谈起;表达爱慕之情时,打了很多比方,做了很多对比,形象生动,字字入心。

第二篇和第三篇是写给友人的信,同样十分真诚,把自己经历的、想到的以及当下最真实的心思,一字一句毫无保留地分享给收信人。可以想象得到,收到信的人,读着这样真切的文字,感受着这样真挚的友谊,心中就多了一份真情和温暖。或许,你还会忍不住摘抄下这样的句子:"回忆的温暖烘得干现在的透湿衣裳,所以我想你不会着凉的。"

云南看云

云南因云而得名。可是外省人到了云南一年半载后,一定会和本地人差不多,对于云南的云,除却只能从它变化上得到一点晴雨知识,就再也不会单纯的来欣赏它的美丽了。看过卢锡麟先生的摄影后,必有许多人方俨然重新觉醒,明白自己是生在云南,或住在云南。云南特点之一,就是天上的云变化得出奇。尤其是傍晚时候,云的颜色,云的形状,云的风度,实在动人。

战争给许多人一种有关生活的教育,走了许多路,过了许多桥,睡了许多床,此外还必然吃了许多想象不到的小苦头。然而真正具有教育意义的,说不定倒是明白许多地方各有各的天气,天气不同还多少影响到一点人事。云有云的地方性:中国北部的云厚重,人也同样那么厚重。南部的云活泼,人也同样那么活泼。海边的云幻异,渤海和南海云各不相同,正如两处海边的人性情不同。河南的云一片黄,抓一把下来似乎就可以作窝窝头,云粗中有细,人亦粗中有细,湖湘的云一片灰,长年挂在天空一片灰,无性格可言,然而桔子、辣子就在这种地方大量产生,在这种天气下成熟,却给湖南人增加了生命的发展和进取精神。四川的云与湖南云虽相似而不尽相同,巫峡峨嵋高峰把云分割又加浓，云有了生命，人也有了生命。

论色彩丰富，青岛海面的云应当首屈一指。有时五色相煊，千变万化，天空如展开一张锦毯。有时素净纯洁，天空只见一片绿玉，别无他物。看来令人起轻快感，温柔感，音乐感，情欲感。一年中有大半年天空完全是一幅神奇的图画，有青春的嘘息，煽起人狂想和梦想。海市蜃楼即在这种天空显现，海市蜃楼虽并不常在人眼底，却永远在人心中。秦皇汉武的事业，同样结束在一个长生不死青春常在的美梦里，不是毫无道理的。云南的云给人印象大不相同，它的特点是素朴，影响到人性情也应当挚厚而单纯。

云南的云似乎是用西藏高山的冰雪，和南海长年的热风，两种原料经过一种神奇的手续完成的，色调出奇的单纯，惟其单纯反而见出伟大。尤以天时晴明的黄昏前后，光景异常动人。完全是水墨画，笔调超脱而大胆。天上一角有时黑得如一片漆，它的颜色虽然异样黑，给人感觉竟十分轻。在任何地方"乌云蔽天"照例是个沉重可怕的象征，唯有云南傍晚的黑云，越黑反而越不碍事，且表示第二天天气必然顶好。几年前中国古物运到伦敦展览时，有一个赵松雪①作的卷子，名《秋江叠嶂》，净白如玉的澄心堂纸上用浓墨重重涂抹，给人印象却十分美秀。云南的云也恰恰如此，看来只觉得黑而秀。

可是我们若在黄昏前后，到城郊外一个小丘上去，或坐船在滇池中，看到这种云彩时，低下头来一定会轻轻的叹一口气。具体一点将发生"大好河山"感想，抽象一点将发生"逝者如斯"感想。心中一定觉得有些痛苦，为一片悬在天空中的

---

① 赵松雪：即赵孟頫，元书画家。

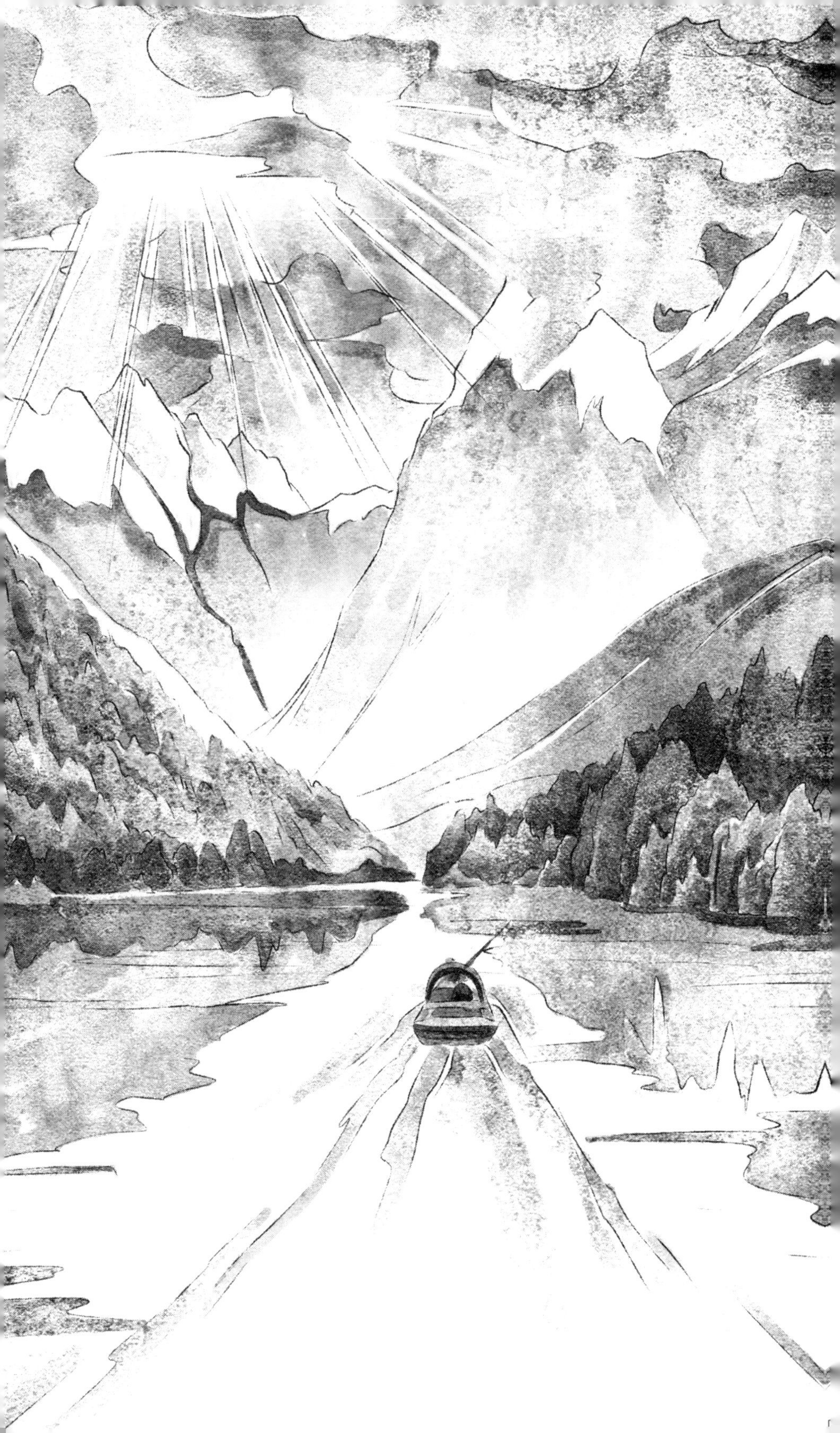

沉静黑云痛苦。因为这东西给了我们一种无言之教，比目前政论家的文章，宣传家的讲演，杂感家的讽刺文，都高明得多，深刻得多，同时还美丽得多。觉得痛苦原因或许也就在此。那么好看的云，孕育了在这一片天底下讨生活的人，究竟是些什么？是一种精深博大的人生思想？还是一种单纯美丽的诗的感情？若把它与地面所见、所闻、所有两相对照，实在使人不能不痛苦！

在这美丽天空下，人事方面，我们每天所能看到的，除了空洞的论文，不通的演讲，小巧的杂感，此外似乎到处就只碰到"法币"。商人和银行办事人直接为法币而忙。最可悲的现象，实无过于大学校的商学院，每到注册上课时，照例人数必最多。这些人其所以习经济、习会计，都可说对于生命毫无高尚理想可言，目的只在毕业后入银行作事。"熙熙攘攘，皆为利往，挤挤挨挨，皆为利来，利之所在，群集若蛆。"社会研究所的专家，机会一来即向银行跑。习图书馆的，弄考古的，学外国文学的，因为亲戚、朋友、同乡……种种机会，又都挤进银行或相近金融机关作办事员。大部分优秀脑子，都给真正的法币和抽象的法币弄得昏昏的，失去了应有的灵敏与弹性，以及对于"生命"较高的认识。其余无知识的脑子，成天打算些什么，也就可想而知了。云南的云即或再美丽一点，对于多数人还似乎毫无意义可言的。

近两个月来，本市在连续的警报中，城中二十万市民，无一不早早的就跑到郊外去，向天空把一个颈脖昂酸，无一人不看到过几片天空飘动的浮云，仰望结果，不过增加了许多人对于财富得失的忧心罢了。"我的法币下落了"，"我的汽油上涨了","我的事业这一年发了五十万财","我从公家赚了八万三",这还是就仅有十几个熟人中说说的。此外说不定还有个把教授之流,终日除玩牌外无其他娱乐,会想到前一晚上玩麻雀牌输赢事情,聊以解嘲似的自言自语,"我输牌不输理。"这种教授先生当然是不输理的,在警报解除以后,还不妨跑到老同学住处去,再玩个八圈,证明一下输的究竟是什么。一个人若乐意在地下爬,以为是活下来最好的姿势,他人劝说站起来走,或更盼望他挺起脊梁来做个人,当然是不会有什么结果的。

就在这么一个社会一种情形中,卢先生却来展览他在云南的照相,告给我们云南法币以外还有些什么。即以天空的云彩言,色彩单纯的云有多健美,多飘逸,多温柔,多崇高!观众人数多,批评好,正说明只要有人会看云,就从云影中取得一种诗的感兴和热情,还可望将这种尊贵的感情,转给另外一种人。换言之,就是云南的云即或不能直接教育人,还可望由一个艺术家的心与手,间接来教育人。卢先生照相的兴趣,似乎就在介绍这种美丽感印给多数人,所以作品中对于云物的题材,处理得特别好。每一幅云都有一种不同的性情,流动的美。不纤巧,不做作,不过分修饰,一任自然,心手相印,表现得素朴而亲切。作品成功是必然的。可是得到"赞美"不是艺术家最终的目的,应当还有一点更深的意义。我意思是如果一种可怕的实际主义,正在这个社会各组织各阶层间普遍流行,腐蚀我们多数人做人的良心、做人的理想,且在同时把每一个人都有形无形市侩化。社会中优秀分子一部分,所梦想,所希望,也都只是糊口混日子了事,毫无一种较高的情感,更缺少用这情感去追求一个美丽而伟大的道德原则的勇气时，我们这个民族应当怎么办？大学生读书目的，不是站在柜台边作行员，就是坐在公事房作办事员，脑子都不用，都不想，只要有一碗饭吃就算有了出路。甚至于做政论的，做讲演的，写不高明讽刺文的，习理工的，玩玩文学充文化人的，办党的，信教的，……出路也都是只顾眼前。大众眼前固然都有了出路，这个国家的明天，是不是还有希望可言？我们如真能够像卢先生那么静观默会天空的云彩，云的美丽，也许会慢慢的陶冶我们，启发我们，改造我们，使你们习惯于向远景凝眸，不敢坠落，不甘心坠落。我以为这才像是一个艺术家最后的目的。正因为这个民族是在求发展，求生存，战争已经三年。战争虽败北，不气馁，虽死亡万千人民，牺牲无数财富，仍然能坚持抗战，就为的是这战争背后还有个庄严伟大的理想，使我们对于忧患之来，在任何情形下都能忍受。我们其所以能忍受，不特是我们要发展，要生存，还要为后来者设想，使他们活在这片土地上，更好一点，更像人一点！我们责任那么严重而且又那么困难，所以不特多数知识分子必然要有一个较坚朴的人生观，拉之向上，推之向前，就是作生意的，也少不了需要那么一分知识，方能够把企业的发展与国家的发展，放在同一目标上，分道并进，异途同归！

举一个浅近的例来说说：我们的眼光注意到"出路""赚钱"以外，若还能够估量到在滇越铁路的另一端，正有多少鬼蜮成性阴险狡诈的木屐儿，圆睁两只鼠眼，安排种种巧计阴谋，在武力与武器无作用地点，预备把劣货倾销到昆明来，且把推销劣货的责任，派给昆明市的大小商家时，就知道学习注意远处，实在是目前一件如何重要的事情！照相必选择地点，取准角度，方可望有较好成就。做人何尝不是一样，明分际，识大体，"有所不为"，敌人虽花样再多，劣货在有经验商家的眼中，总依然看得出，取舍之间是极容易的。若只图发财，见利忘义，"无所不为"，日本货变成国货，改头换面，不过是反手间事！劣货推销仅仅是若干有形事件中之一种。此外各层知识阶级中不争气处，所作所为，实在更甚于此者。

所以我觉得卢先生的摄影，不只是给人看看，还应当给人深思。

一九四〇年，昆明
原载 1940 年 12 月 12 日《大公报》

名师赏析

写云的文章很多，像沈从文先生这样写云，不多。

平常人看云，当然也会注意到云的高低、形状和色彩，但可能极少有人能够区分不同地方的云有什么不一样。沈从文先生竟观察到"云有云的地方性"，一口气将中国东西南北云的不同特点描绘了出来，叫人叹为观止。写过了其他地方的云，再聚焦云南的云"黑而秀"的特点，这云的"地方性"就更加鲜明了。

更高超的是，沈从文先生之所以说"云有云的地方性"，其目的并不在写云本身,而是从云的特点很自然地写到"地方",写到人事上来,写对社会人事的思考,对艺术价值的思考。他藉由卢先生的摄影所关注的美,与身边人们在战争阴影下只关心"法币"的情形相对照,呼吁人们不要坠落,要对抗战充满信心和希望。

这实在是一篇笔墨酣畅、立意精巧的妙作,令人回味无穷。

第三辑

湘行散记

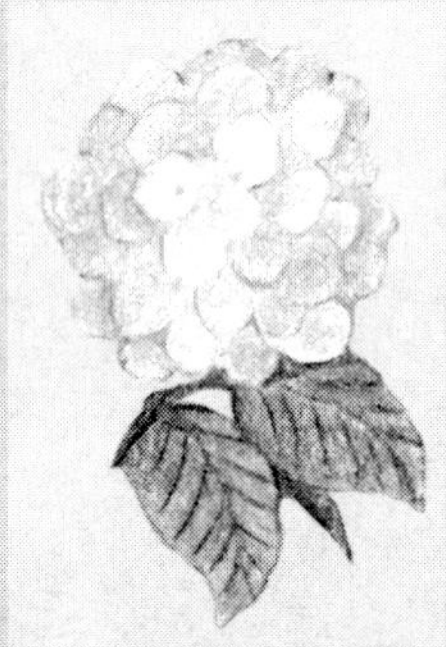

鸭窠围的夜

  天快黄昏时落了一阵雪子,不久就停了。天气真冷,在寒气中一切皆仿佛结了冰,便是空气,也像快要冻结的样子。我包定的那一只小船,在天空大把撒着雪子时已泊了岸。从桃源县沿河而上这已是第五个夜晚。看情形晚上还会有风有雪,故船泊岸边时便从各处挑选好地方。沿岸除了某一处有片沙岨宜于泊船以外,其余地方皆黛色如屋的大石头。石头既然那么大,船又那么小,我们皆希望寻觅得到一个能作小船风雪屏障,同时要上岸又还方便的处所。凡可以泊船的地方早已被当地渔船占去了。小船上的水手,把船上下各处撑去,钢钻头敲打着沿岸大石头,发出好听的声音,结果这只小船,还是不能不同许多大小船只一样,在正当泊船处插了篙子,把当作锚头用的石碇抛到沙上去,尽那行将来到的风雪,摊派到这只船上。
  这地方是个长潭的转折处,两岸皆高大壁立的山,山头上长着小小竹子,长年翠色逼人。这时节两山只剩余一抹深黑,赖天空微明为画出一个轮廓。但在黄昏里看来如一种奇迹的,却是两岸高处去水已三十丈上下的吊脚楼。这些房子莫不俨然悬挂在半空中,藉着黄昏的余光,还可以把这些希奇的楼房形体,看得出个大略。这些房子同沿河一切房子有共通相似处,

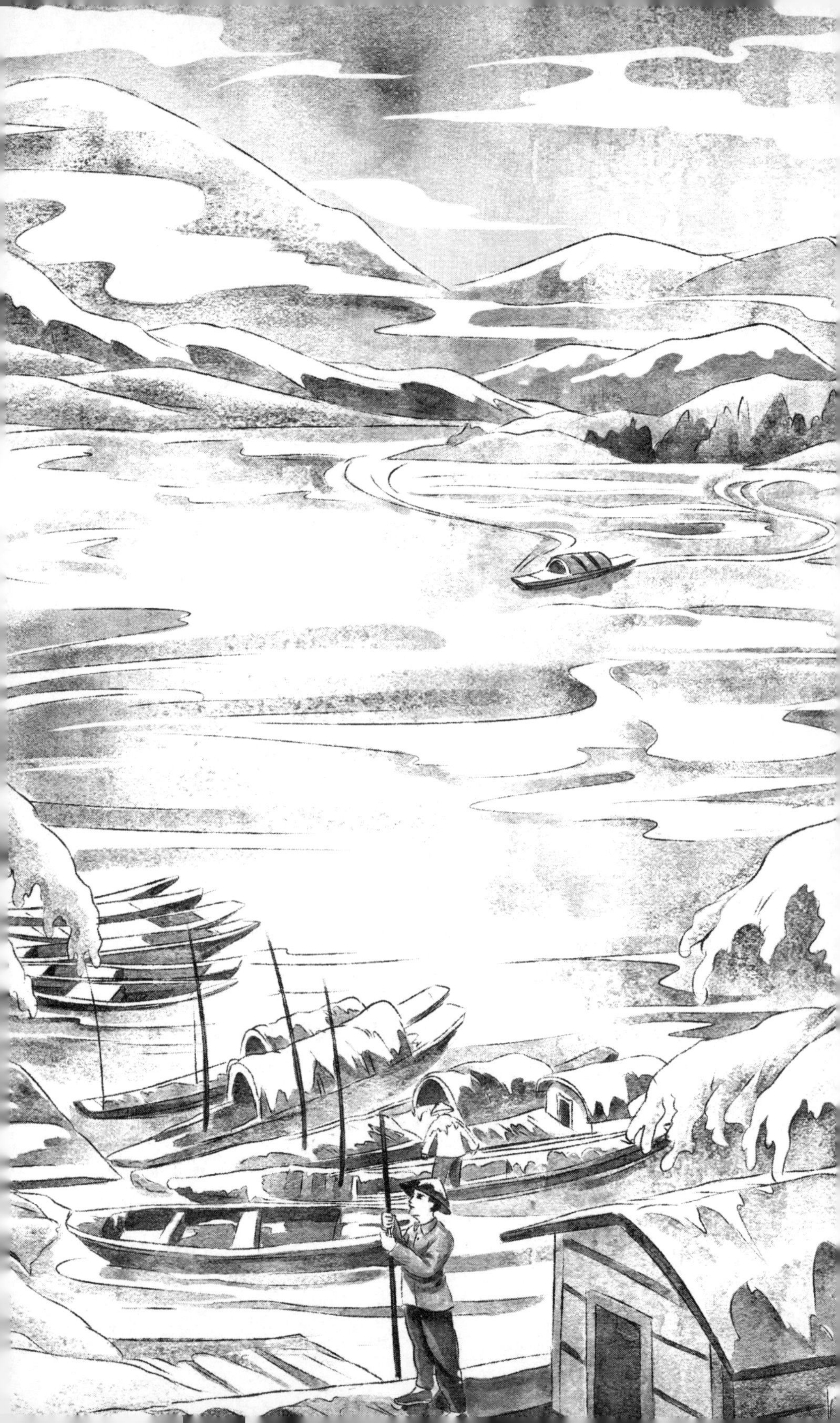

便是从结构上说来，处处显出对于木材的浪费。房屋既在半山上，不用那么多木料，便不能成为房子吗？半山上也有用吊脚楼形式，这形式是必需的吗？然而这条河水的大宗出口是木料，木材比石块还不值价。因此即或是河水永远涨不到处，吊脚楼房子依然存在，似乎也不应当有何惹眼惊奇了。但沿河因为有了这些楼房，长年与流水斗争的水手，寄身船中枯闷成疾的旅行者，以及其他过路人，却有了落脚处了。这些人的疲劳与寂寞是从这些房子中可以一律解除的。地方既好看，也好玩。

河面大小船只泊定后，莫不点了小小的油灯，拉了篷。各个船上皆在后舱烧了火，用铁顶罐①煮饭，饭焖熟后，又换锅子熬油，哗的把菜蔬倒进热锅里去。一切齐全了，各人蹲在舱板上三碗五碗把腹中填满后，天已夜了。水手们怕冷怕冻的，收拾碗盏后，就莫不在舱板上摊开了被盖，把身体钻进那个预先卷成一筒又冷又湿的硬棉被里去休息。至于那些想喝一杯的，发了烟瘾得靠靠灯，船上烟灰又翻尽了的，或一无所为，只是不甘寂寞，好事好玩想到岸上去烤烤火谈谈天的，则莫不提了桅灯，或燃一段废缆子，摇着晃着从船头跳上了岸，从一堆石头间的小路径，爬到半山上吊脚楼房子那边去，找寻自己的熟人，找寻自己的熟地。陌生人自然也有来到这条河中来到这种吊脚楼房子里的时节，但一到地，在火堆旁小板凳上一坐，便是陌生人，即刻也就可以称为熟人了。

这河边两岸除了停泊有上下行的大小船只三十左右以外，还有无数在日前趁融雪涨水放下形体大小不一的木筏。较小的上面供给人住宿过夜的棚子也不见，一到了码头，便各自上岸

---

① 顶罐，炊具。罐底呈球面状，用时置于三足圆形铁架上，状似商鼎，故名。

找住处去了。大一些的木筏呢，则有房屋，有船只，有小小菜园与养猪养鸡栅栏，有女眷，有孩子。

黑夜占领了全个河面时，还可以看到木筏上的火光，吊脚楼窗口的灯光，以及上岸下船在河岸大石间飘忽动人的火炬红光。这时节岸上船上皆有人说话，吊脚楼上且有妇人在暗淡的灯光下唱小曲的声音，每次唱完一支小曲时，就有人笑嚷。什么人家吊脚楼下有匹小羊叫，固执而且柔和的声音，使人听来觉得忧郁，我心中想着："这一定是从别一处牵来的，另外一个地方，那小畜生的母亲，一定也那么固执的鸣着吧。"算算日子，再过十一天便过年了。"小畜生明不明白只能在这个世界上活过十天八天？"明白也罢，不明白也罢，这小畜生是为了过年而赶来应在这个地方死去的。此后固执而又柔和的声音，将在我耳边永远不会消失。我觉得忧郁起来了。我仿佛触着了这世界上一点东西。看明白了这世界上一点东西，心里软和得很。

但我不能这样子打发这个长夜，我把我的想象，追随了一个唱曲时清中夹沙的妇女声音到她的身边去了。于是仿佛看到了一个床铺，下面是草荐，上面摊了一床用旧帆布或别的旧货做成脏而又硬的棉被，搁在被盖上面的是一个木托盘，盘中有一把小茶壶，一个小烟匣，一块石头，一盏灯。盘边躺着一个人。唱曲子的妇人，或是袖了手捏着自己的膀子站在吃烟者的面前，或是靠在男子对面的床头，为客人烧烟。房子分两进，前面临街，地是土地，后面临河，便是所谓吊脚楼了。这些人房子窗口既一面临河，可以凭了窗口呼喊河下船中人，当船上人过了瘾，胡闹已够，下船时，或者尚有些事情嘱托，或有其他原因,一个晃着火炬停顿在大石间,一个便凭立在窗口,"大老你记着,船下行时又来!""好,我来的,我记着的。""你见了顺顺就说:会呢,完了;孩子大牛呢,脚膝骨好了,细粉捎三斤,冰糖捎三斤。""记得到,记得到,大娘你放心,我见了就说:会呢,完了,大牛呢,好了,细粉来三斤,冰糖来三斤。""杨氏,杨氏,一共四吊七,莫错账!""是的,放心呵,你说四吊七就四吊七,年三十夜莫会要你多的!你自己记着就是了!"这样那样的说着,我一一皆可听到,而且一面还可以听着在黑暗中某一处咩咩的羊鸣。我明白这些回船的人是上岸吃过"荤烟"了的。

  我还估计得出,这些人不吃"荤烟",上岸时只去烤烤火的,到了那些屋子里时,便多数只在临街那一面铺子里。这时节天气太冷,大门必已上好了,屋里一隅或点了小小油灯,屋中土地上必就地掘了浅凹,烧了些树根柴块。火光煜煜,且时时刻刻爆炸着一种难于形容的声音。火旁矮板凳上坐有船上人,木筏上人,有对河住家的熟人。且有虽为天所厌弃还不自弃的老妇人,闭着眼睛蜷成一团蹲在火边,悄悄的从大袖筒里取出一片薯干,一枚红枣,塞到嘴里去咀嚼。有穿着肮脏身体瘦弱的孩子,手擦着眼睛傍着火旁的母亲打盹。屋主人有退伍的老军人,有翻船背运的老水手,有单身寡妇,藉着火光灯光,可以看得出这屋中的大略情形,三堵木板壁上,一面必有个供养祖宗的神龛,神龛下空处或另一面,必贴了一些大小不一的红白名片。这些名片倘若有那些好事者加以注意,用小油灯照着,去仔细检查,便可以发现许多动人的名衔,军队上的连副,上士,一等兵,商号中的管事,当地的团总,保正,催租吏,以及照例姓滕的船主，洪江的木簰商人，与其他人物，无所不有。这是近十年来经过此地若干人中一小部分的题名录。这些人各用一种不同的生活，来到这个地方，且同样的来到这些屋子里，坐在火边或靠近床上，逗留过若干时间。这些人离开了此地后，在另一个世界里还是继续活下去，但除了同自己的生活圈子中人发生关系以外，与一同在这个世界上其他的人，却仿佛便毫无关系可言了。他们如今也许死掉了，水淹死的，枪打死的，被外妻用砒霜谋杀的，然而这些名片却依然将好好的保留下去。也许有些人已成了富人名人，成了当地的小军阀，这些名片却仍然写着催租人，上士等等的衔头。……除了这些名片，那屋子里是不是还有比它更引人注意的东西呢？锯子，小捞兜，香烟大画片，装干栗子的口袋……

提起这些问题时使人心中很激动。我到船头上去眺望了一阵。河面静静的，木筏上火光小了，船上的灯光已很少了，远近一切只能藉着水面微光看出个大略情形。另外一处的吊脚楼上，又有了妇人唱小曲的声音，灯光摇摇不定，且有猜拳声音。我估计那些灯光同声音所在处，不是木筏上的簰头在取乐，就是水手们小商人在喝酒。妇人手指上说不定还戴了从常德府为水手特别捎来的镀金戒指，一面唱曲一面把那只手理着鬓角，多动人的一幅画图！我认识他们的哀乐，这一切我也有分。看他们在那里把每个日子打发下去，也是眼泪也是笑，离我虽那么远，同时又与我那么相近。这正同读一篇描写西伯利亚方面的农人生活动人作品一样，使人掩卷引起无言的哀戚。我如今只用想象去领味这些人生活的表面姿态，却用过去一份经验，接触着了这种人的灵魂。

羊还固执的鸣着。远处不知什么地方有锣鼓声音,那是禳土酬神巫师的锣鼓。声音所在处必有火燎与九品蜡[①],照耀争辉,炫目火光下有头包红布的老巫独立作旋风舞,门上架上有黄钱,平地有装满了谷米的平斗。有新宰的猪羊伏在木架上,头上插着小小纸旗。有行将为巫师用口把头咬下的活生公鸡,缚了双脚与翼翅,在土坛边无可奈何的躺卧。主人锅灶边则热了猪血稀粥,灶中火光熊熊。

邻近一只大船上,水手们已静静的睡下了,只剩余一个人吸着烟,且时时刻刻把烟管敲着船舷。也像听着吊脚楼的声音,为那点声音所激动,忽然按捺自己不住了,只听到他轻轻的骂着野话,擦了支自来火,点上一段废缆,跳上岸往吊脚楼那里去了。他在岸上大石间走动时,火光便从船篷空处漏进我的船中。也是同样的情形吧,在一只装载棉军服向上行驶的船上,泊到同样的岸边,躺在成束成捆的军服上面,夜既太长,水手们爱玩牌的皆蹲坐在舱板上小油灯光下玩天九,睡既不成,便胡乱穿了两套棉军服,空手上岸,藉着石块间还未融尽残雪返照的微光,一直向高岸上有灯光处走去。到了街上,除了从人家门罅里露出的灯光成一条长线横卧着,此外一无所有。在计算中以为应可见到的小摊上成堆的花生,用哈德门长烟匣装着干瘪瘪的小橘子,切成小方块的片糖,以及在灯光下看守摊子把眉毛扯得极细的妇人(这些妇人无事可做时还会在灯光下做点针线的),如今什么也没有。既不敢冒昧闯进一个人家里面去,便只好又回转河边船上了。但上山时向灯光凝聚处走去,方向不会错误。下河时可弄糟了。糊糊涂涂在大石小石间走了

---

① 九品蜡,供祭神用蜡烛,九品即九支。用时按一定方式组合排列,或一字式,或品字式等。

许久，且大声喊着才走近自己所坐的一只船。上船时，两脚全是泥，刚攀上船舷还不及脱鞋落舱，就有人在棉被中大喊："伙计哥子们，脱鞋呀！"把鞋脱了还不即睡，便镶到水手身旁去看牌，一直看到半夜，——十五年前自己的事，在这样地方温习起来，使人对于命运感到惊异。我懂得那个忽然独自跑上岸去的人，为什么上去的理由！

等了一会，邻船上那人还不回到他自己的船上来，我明白他所得的比我多了一些。我想听听他回来时，是不是也像别的船上人，有一个妇人在吊脚楼窗口喊叫他。许多人都陆续回到船上了，这人却没有下船。我记起"柏子"。但是，同样是水上人，一个那么快乐的赶到岸上去，一个却是那么寂寞的跟着别人后面走上岸去，到了那些地方，情形不会同柏子一样，也是很显然的事了。

为了我想听听那个人上船时那点推篷声音，我打算着，在一切声音皆已安静时，我仍然不能睡觉。我等待那点声音，大约到午夜十二点，水面上却起了另外一种声音。仿佛鼓声，也仿佛汽油船马达转动声，声音慢慢的近了，可是慢慢的又远了。这是一个有魔力的歌唱，单纯到不可比方，也便是那种固执的单调，以及单调的延长，使一个身临其境的人，想用一组文字去捕捉那点声音，以及捕捉在那长潭深夜一个人为那声音所迷惑时节的心情，实近于一种徒劳无功的努力。那点声音使我不得不再从那个业已用被单塞好空罅的舱门，到船头去搜索它的来源。河面一片红光，古怪声音也就从红光一面掠水而来。日里隐藏在大岩下的一些小渔船，原来在半夜前早已静悄悄的下了拦江网。到了半夜，把一个从船头伸出水面的铁篮，盛上燃着熊熊烈火的油柴，一面敲着船舷各处走去。身在水中见了火光而来与受了柝声惊走四窜的鱼类，便在这种情形中触了网，成为渔人的俘虏。

一切光，一切声音，到这时节已为黑夜所抚慰而安静了，只有水面上那一份红火与那一派声音。那种声音与光明，正为着水中的鱼与水面的渔人生存的搏战，已在这河面上存在了若干年，且将在接连而来的每个夜晚依然继续存在。我弄明白了，回到舱中以后，依然默听着那个单调的声音。我所看到的仿佛是一种原始人与自然战争的情景。那声音，那火光，皆近于原始人类的武器！

不知在什么时候开始落了很大的雪，听船上人嘟哝着，我心想，第二天我一定可以看到邻船上那个人上船时节，在岸边雪地上留下的那一行足迹。那寂寞的足迹，事实上我却不曾见到，因为第二天到我醒来时，小船已离开那个泊船处很远了。

　　　　　原载于1934年4月《文学》二卷四号
　　　　　原名《湘西散记——鸭窠围的夜》

名师赏析

沈从文笔下的鸭窠围的夜充满了温暖的人间气息。无论是船上的水手，还是吊脚楼里的女人，包括用好奇而热切的眼光观察着鸭窠围的夜的一切的"我"，都洋溢着活泼泼的生命气息，把寒冷的冬夜温暖。

　　静谧的鸭窠围的夜，有动人的灯光，有热情的声音，有淳朴的故事，一切都那么真实、朴素、优美、感人，时时处处闪耀着人性的光辉。

　　原本是寒冷寂寥的漫长冬夜，作者却以细腻的描写、真切的想象，渲染点化成一首生命的赞歌，在读者面前呈现出一片生机勃勃的景象。闪烁的不仅是灯光，还是作者礼赞的人性之光；温暖的不仅是煜煜火光，更是人们热切的心房。鸭窠围的夜，在作者的笔下，成了人类永恒的圣境，让人感受到了生命的生生不息。

虎雏再遇记

四年前我在上海时，曾经做过一次荒唐的打算，想把一个年龄只十四岁，生长在边陬僻壤，小豹子一般的乡下人，用最文明的方法试来造就他。虽事在当日，就经那小子的上司预言，以为我一切设计将等于白费。我却仍然不可动摇的按照计划作去。我把那小子放在身边，勒迫他读书，改造他的身体改造他的心，希望他在我教育下将来成个伟人。谁知不到一个月，就出了意外事情，那理想中的伟人生事打坏了一个人，从此便失踪了。一切水得归到海里，小豹子也只宜于深山大泽方能发展他的生命。我明白闹出了乱子以后，他必有他的生路。对于这个人此后的消息，老实说，数年来我就不大再关心了。但每当我想及自己所作那件傻事时，总不免为自己的傻处发笑。

这次湘行到达辰州地方后，我第一个见到的就是那只小豹子。除了手脚身个子长大了一些，眉眼还是那么有精神，有野性。见他时，我真是又惊又喜。当他把我从一间放满了兰草与茉莉的花房里引过，走进我哥哥住的一间大房里去，安置我在火盆边大梼木椅上坐下时，我一开口就说：

"××，××，你还活在这儿，我以为你在上海早被人打死了！"

他有点害羞似的微笑了，一面倒茶一面却轻轻的说：

"打不死，日晒雨淋吃小米包谷长大的人，不轻易打死啊！"

我说："我早知道你打不死，而且你还打死了人。我一切知道。（说到这里时，我装成一切清清楚楚的神气。）你逃了，我明白你是什么诡计。你为的是不愿意跟在我身边好好读书，只想落草为王，故意生事逃走。可是你害得我们多难受！那教你算学的长胡子先生，自从你失踪后，他在上海各处托人打听你，奔跑了三天，为你差点儿不累倒！"

"那山羊胡子先生找我吗？"

"什么，'山羊胡子先生'！"这字眼儿真用得不雅相，不斯文。被他那么一说，我预备要说的话也接不下去了。

可是我看看他那双大手以及右手腕上那个夹金表，就明白我如今正是同一个大兵说话，并不是同四年前那个"虎雏"说话了。我错了。得纠正自己，于是我模仿粗暴笑了一下，且学作军官们气魄向他说：

"我问你，你为什么打死了人，怎么又逃了回来？不许瞒我一个字，全为我好好说出来！"

他仍然很害羞似的微笑着，告给我那件事情的一切经过。旧事重提，显然在他这种人并不怎么习惯，因此不多久，他就把话改到目前一切来了。他告我上一个月在铜仁①方面的战事，本军死了多少人。且告我乡下种种情形，家中种种情形。谈了大约一点钟，我那哥哥穿了他新作的宝蓝缎面银狐长袍，夹了一大卷京沪报纸，口中嘘嘘吹着奇异调门，从军官朋友家里谈

---

① 铜仁，地名，属贵州省，与湘西比邻。

论政治回来了，我们的谈话方始中断。

　　到我生长那个石头城苗乡里去，我的路程尚应当有四个日子，两天坐原来那只小船，两天还得坐了小而简陋的山轿，走一段长长的山路。在船上虽一切陌生，我还可以用点钱使划船人同我亲热起来。而且各个码头吊脚楼的风味，永远又使我感觉十分新鲜。至于这样严冬腊月，坐两整天的轿子，路上过关越卡，且得经过几处出过杀人流血案子的地方，第一个晚上，又必须在一个最坏的站头上歇脚，若没个熟人，可真有点儿麻烦了。吃晚饭时，我向我那个哥哥提议，借这个副爷送我一趟。因此第二天上路时，这小豹子就同我一起上了路。临行时哥哥别的不说，只嘱咐他"不许同人打架"。看那样子，就可知道"打架"还是这个年青人唯一的行业。

　　在船上我得了同他对面谈话的方便，方知道他原来八岁里就用石头从高处砸坏了一个比他大过五岁的敌人，上海那件事发生时，在他面前倒下的，算算已是第三个了。近四年来因为跟随我那上校弟弟驻防溆浦，派归特务队服务，于是在正当决斗情形中，倒在他面前的敌人数目比从前又增加了一倍。他年纪到如今只十八岁，就亲手放翻了六个敌人，而且照他说来，敌人全超过了他一大把年龄。好一个漂亮战士！这小子大致因为还有点怕我，所以在我面前还装得怪斯文，一句野话不说，一点蛮气不露，单从那样子看来，我就不很相信他能同什么人动手，而且一动手必占上风。

　　船上他一切在行，篙桨皆能使用，做事时伶便敏捷，似乎比那个小水手还得力。船搁了浅，弄船人无法可想，各跳入急水中去扛船时，他也就把上下衣服脱得光光的，跳到水中去帮

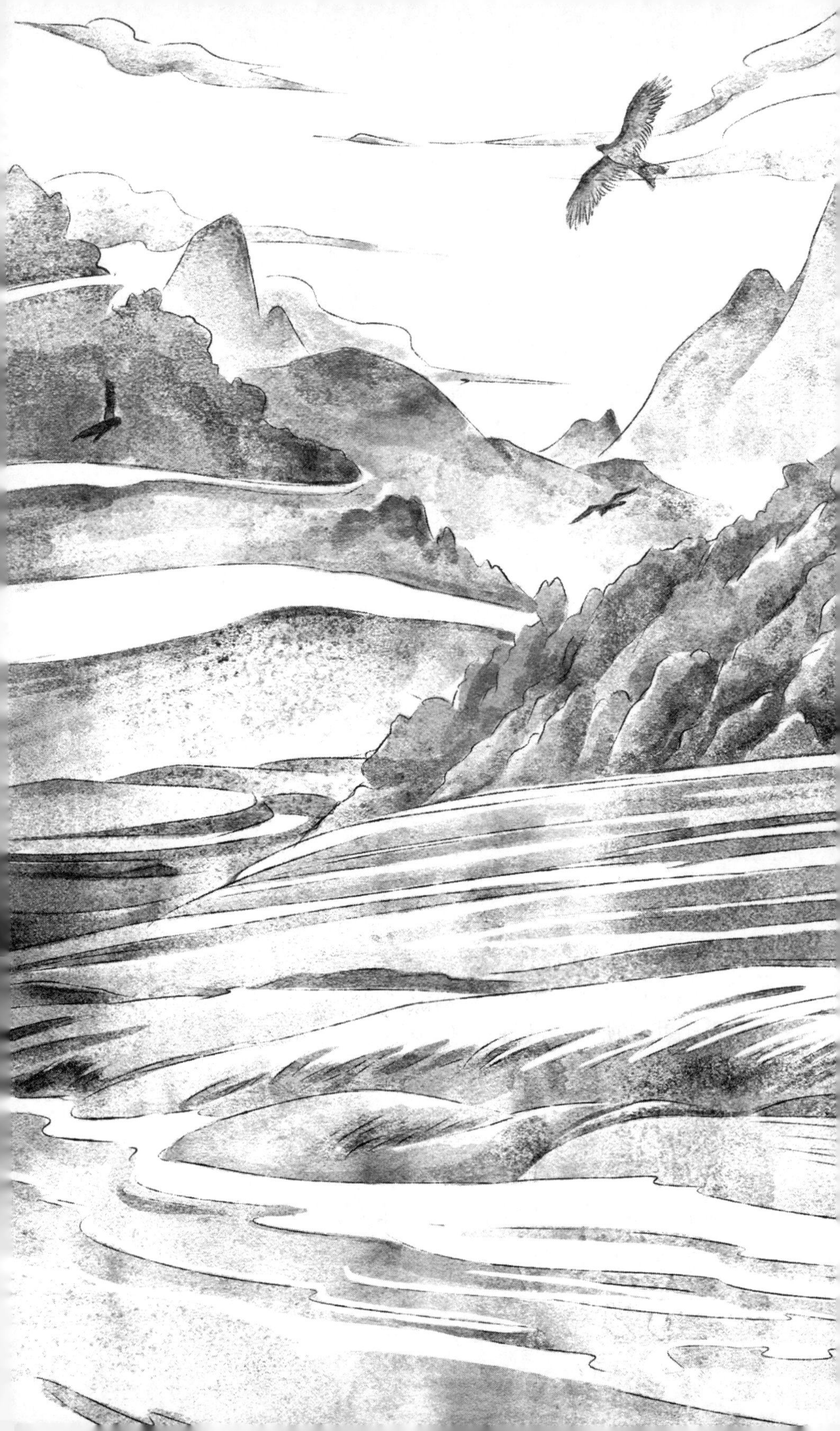

忙。(我得提一句,这是十二月!)

照风气,一个体面军官的随从,应有下列几样东西:一个奇异牌的手电灯,一枚金手表,一支匣子炮。且同上司一样,身上军服必异常整齐。手电灯用来照路,内地真少不了它。金手表则当军官发问:"护兵,什么时候了?"就举起手腕一看来回答。至于匣子炮,用处自然更多了。我那弟弟原是一个射击选手,每天出野外去,随时皆有目标啪的来那么一下。有时自己不动手,必命令勤务兵试试看。(他们每次出门至少得耗去半夹子弹。)但这小豹子既跟在我身边,带枪上路除了惹祸可以说毫无用处。我既不必防人刺杀,同时也无意打人一枪,故临行时我不让他佩枪,且要他把军服换上一套爱国呢中山服。解除了武装,看样子,他已完全不像个军人,只近于一个好弄喜事的中学生了。

我不曾经提到过,我这次回来,原是翻阅一本用人事组成的历史吗?当他跳下水去扛船时,我记起四年前他在上海与我同住的情形。当时我曾假想他过四年后能入大学一年级。现在呢,这个人却正同船上水手一样,为了帮水手忙扛船不动,又湿淋淋的攀着船舷爬上了船,捏定篙子向急水中乱打,且笑嘻嘻的大声喊嚷。我在船舱里静静的望着他,我心想:幸好我那荒唐打算有了岔儿,既不曾把他的身体用学校固定,也不曾把他的性灵用书本固定。这人一定要这样发展才像个人!他目前一切,比起住在城里大学校的大学生,开运动会时在场子中呐喊吆喝两声,饭后打打球,开学日集合好事同学通力合作折磨折磨新学生,派头可来得大多了。

等到船已挪动水手皆上了船时,我喊他:

"××，××，唉唉，你不冷吗？快穿起你的衣来！"

他一面舞动手中那支篙子，一面却说：

"冷呀，我们在辰州前些日子还邀人泅过大河！"

到应吃午饭时，水手无空闲，船上烧水煮饭的事皆完全由他作。

把饭吃过后，想起临行时哥哥嘱咐他的话，要他详详细细的来告给我那一点把对手放翻时的"经验"，以及事前事后的"感想"。"故事"上半天已说过了，我要明白的只是那些故事对于他本人的"意义"。我在他那种叙述上，我敢说我当真学了一门希奇的功课。

他的坦白，他的口才，皆帮助我认识一个人一颗心在特殊环境下所有的式样。他虽一再犯罪却不应受何种惩罚。他并不比他的敌人如何强悍，不过只是能忍耐，知等待机会，且稍稍敏捷准确一点儿罢了。当他被一个人欺侮时，他并不即刻发动，他显得很老实，沉默，且常常和气的微笑。"大爷，你老哥要这样还有什么话说吗？谁敢碰你老哥？请老哥海涵一点……"可是，一会儿，"小宝"飕的抽出来，或是一板凳一柴块打去，这"老哥"在措手不及情形中，哽了一声便被他弄翻了。完事后必须跑的自然就一跑，不管是税卡，是营上，或是修械厂，到一个新地方，住在棚里闲着，有什么就吃什么，不吃也饿得起，一见别人做事，就赶快帮忙去做，用勤快溜刷引起头目的注意。直到补了名字，因此把生活又放在一个新的境遇新的门路上当作赌注押去。这个人打去打来总不离开军队，一点生存勇气的来源却亏得他家祖父是个为国殉职的游击。"将门之子"的意识，使他到任何境遇里皆能支撑能忍受。他知道游击同团长名分差不多，他希望作团长。他记得一句格言："万丈高楼从地起"，他因此永远能用起码名分在军队里混。

对于这个人的性格我不希奇，因为这种性格从三厅[①]屯垦军子弟中随处可以发现。我只希奇他的命运。

小船到辰河著名的"箱子岩"上游一点，河面起了风，小船拉起一面风帆，在长潭中溜去。我正同他谈及那老游击在台湾与日本人作战殉职的遗事，且劝他此后忍耐一点，应把生命押在将来对外战争上，不宜于仅为小小事情轻生决斗。想要他明白私斗一则不算角色，二则妨碍事业。见他把头低下去，长长的放了一口气，我以为所说的话有了点儿影响，心中觉得十分快乐。

经过一个江村时，有个跑差军人身穿军服斜背单刀正从一只方头渡船上过渡，一见我们的小船，装载极轻，走得很快，就喊我们停船，想搭便船上行。船上水手知道包船人的身分，就告给那军人，说不方便，不能停船。

赶差军人可不成，非要我们停船不可。说了些恐吓话，水手还是不理会。我正想告给水手要他收帆停船，渡那个军人搭坐搭坐，谁知那军人性急火大，等不得停船，已大声辱骂起来了。小豹子原蹲在船舱里，这时方爬出去打招呼：

"弟兄，弟兄，对不起，请不要骂！我们船小，也得赶路，后面有船来，你搭后面那一只船吧。"

那一边看看船上是一个中学生样子人物，就说：

"什么对不起，赶快停停！掌舵的，你不停船我×你的娘，

[①] 三厅，即清所置凤凰、乾城、永绥三个直隶厅的总称。为防苗族"叛乱"，清政府派绿营兵于三厅屯垦戍守。

到码头时我要用刀杀你这狗杂种！"

那个掌梢人正因为风紧帆饱，一面把帆绳拉着，一面就轻轻的回骂："你杀我个鸡公，我怕你！"

小豹子却依然向那军人很和气的说："弟兄，弟兄，你不要骂人！全是出门人，不要骂人！"

"我要骂人怎么样？我骂你，我就骂你，……你到码头等我！"

我担心这口舌，便喊叫他："××！"

小豹子被那军人折辱了，似乎记起我的劝告，一句话不说，摇摇头，默然攒进了船舱里。只自言自语的说："开口就骂人，不停船就用刀吓人，真丢我们军人的丑。"

那时节跑差军人已从渡船上了岸，还沿河追着我们的小船大骂。

我说："××，你同他说明白一下好些，他有公事我们有私事，同是队伍里的人，请他莫骂我们莫追我们。"

"不讲道理让他去，不管他。他疑心这小船上有女人，以为我们怕他！"

小船挂帆走风，到底比岸上人快一些，一会儿，转过山岨时，那个军人就落后了。

小船停到××时，水手全上岸买菜去了，小豹子也上岸买菜去了，各人去了许久方回来。把晚饭吃过后，三个水手又说得上岸有点事，想离开船，小豹子说：

"你们怕那个横蛮兵士找来，怕什么？不要走，一切有我！这是大码头，有部队驻扎到这里，凡事得讲个道理！"

几个船上人虽分辩着，仍然一同匆匆上岸去了。

到了半夜水手们还不回来睡觉,我有点儿担心,小豹子只是笑。我说:

"几个人会被那横蛮军人打了,××,你上去找找看!"

他好像很有把握笑着说:"让他们去,莫理他们。他们上烟馆同大脚妇人吃荤烟去了,不会挨打。"

"我担心你同那兵士打架,惹了祸真麻烦我。"

他不说什么,只把手电灯照他手上的金表,大约因为表停了,轻轻的骂了两句野话。待到三个水手回转船上时,已半夜过了。

第二天一早,天还未大明,船还不开头,小豹子就在被中咕喽咕喽笑。我问他笑些什么,他说:

"我夜里做梦,居然被那横蛮军人打了一顿。"

我说:"梦由心造,明明白白是你昨天日里想打他,所以做梦就挨打。"

那小豹子睡眼迷蒙的说:"不是日里想打他,只是昨天煞黑时当真打了那家伙一顿!"

"当真吗?你不听我话,又闹乱子打架了吗?"

"哪里哪里,我不说同谁打什么架!"

"你自己承认的,我面前可说谎不得!你说谎我不要你跟我。"

他知道他露了口风,把话说走,就不再作声了,咕咕笑将起来。原来昨天上岸买菜时,他就在一个客店里找着了那军人,把那军人嘴巴打歪,并且差一点儿把那军人膀子也弄断了。我方明白他昨天上岸买菜去了许久的理由。

原载于1934年10月《水星》一卷一期

名师赏析

联想前面的《虎雏》,我们大概就已经猜到了,这一篇当是它的"续集"。

果然就是四年前那个"我"改造不成突然失踪的"小子",在这一篇里,作者称他为"小豹子"。

作者是带着好奇和欣赏的眼光来写"小豹子"的。作者听"小豹子"的故事,听他的"感想",然后说"他的坦白,他的口才,皆帮助我认识一个人一颗心在特殊环境下所有的式样。他虽一再犯罪却不应受何种惩罚。"作者讲述虎雏的故事,刻画这个既热情又勇蛮、腼腆中藏着圆滑的湘西少年,正如他作品里诸多这样真性情的人物一样,传达了作者对一种"优美、健康、自然,而又不悖乎人性的人生形式"的认同和赞赏。

的确,这样的"小豹子",总让人觉得身上洋溢着一份来自于自然天性的可爱。